无声的角落

被隐匿的日本校园之恶

[日]池谷孝司 著
于航 译

民主与建设出版社
·北京·

图书在版编目（CIP）数据

无声的角落：被隐匿的日本校园之恶 / (日) 池谷孝司著；于航译. -- 北京：民主与建设出版社, 2020.10

ISBN 978-7-5139-3149-6

Ⅰ. ①无… Ⅱ. ①池… ②于… Ⅲ. ①纪实文学－日本－现代 Ⅳ. ①I313.55

中国版本图书馆CIP数据核字(2020)第145951号

无声的角落：被隐匿的日本校园之恶
WUSHENG DE JIAOLUO:BEI YINNI DE RIBEN XIAOYUAN ZHI E

著　　者	［日］池谷孝司	译　　者	于　航
责任编辑	李保华	特约编辑	杨　帅
封面设计	所以设计馆		
出版发行	民主与建设出版社有限责任公司		
电　　话	（010）59417747　　59419778		
地　　址	北京市海淀区西三环中路10号望海楼E座7层		
邮　　编	100142		
印　　刷	三河市金元印装有限公司		
版　　次	2020年10月第1版	印　　次	2020年10月第1次印刷
开　　本	880毫米×1230毫米　1/32	印　　张	9
字　　数	218千字	书　　号	ISBN 978-7-5139-3149-6
定　　价	52.00元		

注：如有印、装质量问题，请与出版社联系

为什么教师的猥亵犯罪会反复发生？

写在前面

“学校里发生这样的事，采取听之任之的态度绝不是什么好事！”我被受害人无比愤慨的情绪所感染，开始搜集整理学校中发生的性骚扰事件，即所谓的“校园性骚扰”问题的相关资料。

我第一次直接对受害人进行采访，已经是十多年前的事情了。当时第一个肯将她的经历告诉我的是一位二十多岁，名为横山智子（化名）的教育工作者。“上高中时，我遭到了班主任的强暴。”据说当时她连与男性接吻的经验都不曾有过。

智子第一次向我诉说此事时，才大学毕业开始工作。自从经历了那次痛苦的事件，她的整个人生都变得错乱起来。智子给人的感觉柔弱又平和，但她的内心深处却早已破败不堪。她就这样将一切压在心底，像什么事也没发生过一样地学习、工作。如今，她年过三十却仍旧瞒着父母。

“我不想让他们担心，这件事我一辈子都不会告诉他们。”智子这样说道。

日本教育界有个隐语，叫“M 教师”，暗喻那些所谓的“问题教师”。当时我作为共同通信社社会部教育组的记者，正在学校进行实地采访。一个偶然的机会，我跟智子谈起关于“M 教师”的话题，她才向我敞开心扉。她肯跟我说出这一切，或许是因为我与这件事没有直接利害关系的缘故。或许也只有跟我这么一个毫无瓜葛的人，她才能够放下心防无拘无束地进行交谈。

听她说完，我小心翼翼地给出了自己的建议："作为一名记者，我可以针对该事件进行采访。"

智子的脸上瞬间出现复杂的表情，她显得很恐惧。我也看得出来，她自然很想狠狠教训一顿那名可恶的教师，也很想把整件事情公之于众。但是，如果招其怨恨反被报复该怎么办？如果这件事在乡下老家传开了该怎么办？如果被单位同事知道了该怎么办……所以，智子至今都没有将这件事告诉亲近的好友们。

那天，她只说出了那名教师的名字，我们便结束了谈话。

经过一番调查后，我了解到，那名教师已经年过五十，现在在另外一所县立高中任教。于是我联系智子："那名教师现在还在教书，同样的悲剧也许还会在其他人身上重演。为了防止他向下一个受害者伸出魔爪，对其进行采访也不失为一种行之有效的手段。如果你有意配合的话，请随时联系我。"

智子犹豫了两年后，终于下定了决心。"我决定和那个老师见面，你在附近等我，我约他谈谈当年的事，他要是同意的话，我就会联系你，到时候你再过去。"智子这样说道。

然后，我们几经商量，进行了详细的安排，制订了缜密的"作战"计划。

前面提过，我在共同通信社工作。共同通信社每天都要向日本的报社、电台及电视台发布新闻信息。在必要时，社会部的记者可以飞往日本各地进行采访。于是，我们起身前往智子的故乡——遥远的北国，时值 2005 年 1 月。这部分内容将在第一章"问题教师"当中进行详细叙述。

据文部科学省的统计显示，1990 年因猥亵行为而被免职的公立中小学教师人数仅为 3 人，但是情况最为糟糕的 2012 年，被免职人数约是

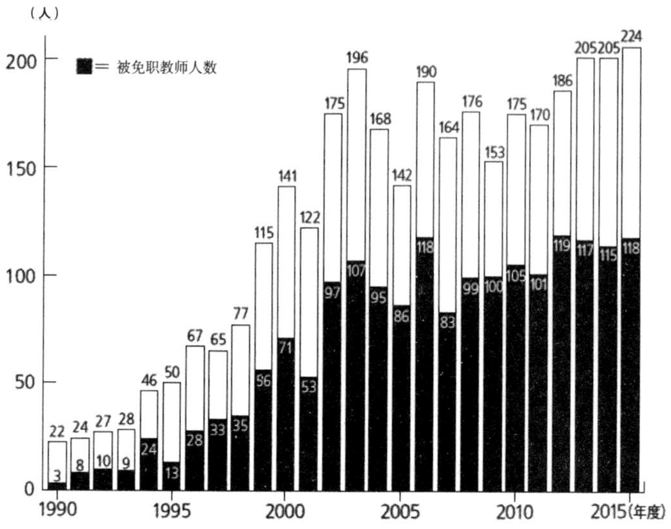

因猥亵行为受处分的公立中小学教师人数（文部科学省调查结果）

1990 年的 40 倍，高达 119 人。受害者当中有一半为学生。因猥亵行为而被处分的教师，包括被停职的在内，1990 年的总人数仅为 22 人，而 2015 年则激增至 224 人，刷新了往年最高纪录，且增幅显著。这绝非因为教师的素质骤然下降所致，而是因为教育部门一改过去放任的做法，对类似事件进行严肃处理的结果。

每每发生引发媒体极度关注的事件后，政府部门才会大幅调整其应对方针。1990 年 3 月，广岛县某小学一位男教师由于害怕自己的猥亵行为败露，将一名小学六年级女生残忍杀害。那时，在民众的眼中，教师猥亵学生的行为大概尚属于“例外中的例外”，故教育部门也没有采取切实有效的应对措施，当年日本只有 3 人因此而受到免职处分，可见这个问题当时还没能引起教育部门的足够重视。

文部科学省长年对这个问题一直采取消极的态度，从 2001 年开始，才终于决定一改以往放任自流的做法，对于出现猥亵行为的教师，原则上要予以其开除教职的处罚。当年 7 月，发生了一件令人震惊的事。一名男性中学教师将一名通过电话交友俱乐部认识的女中学生用手铐铐住，监禁在自己的车上，当车驶上中国自动车道[1]后，该女学生跳车逃跑时坠亡。此时被处分人数有所增加，已经不再是“例外中的例外”，文部科学省大概也开始有了危机感，所以就以此次事件为契机，制定了从严处理的方针。

教育行政部门当初根本没有预料到，活跃在教育第一线的教师会对学生进行性骚扰或是猥亵，至少在表面上看来，这种现象是不存在的。至于说为什么会这样，因为这样的事情是绝对不允许发生的，如果把“绝对不允许发生”的事情视作“没有发生”的话，大家都会方便很多。因猥亵而被处分的教师人数调查情况，以前只公布在《教育委员会月报》上，而《教育委员会月报》只是面对相关工作人员的小册子。这一事实印证了我上述的说法。

最近相关数据的公布方式发生了很大变化，改为每年 12 月份在文部科学省召开的记者招待会上公布。即便如此，被查处的事件也只是冰山之一角，隐匿于暗影之中的仍然数不胜数。

刑法修订后，随着性犯罪案件量刑加重，最终判决结果高于检方求刑的判例也相继涌现。鉴于此种情况，有必要再次针对刑法修订的问题进行讨论，从而进一步强化量刑标准。在这种环境下，教育部门再也无法对屡创新高的教师性犯罪及暴力犯罪放任不管。在社会上和学校中对于此类问

[1] 中国自动车道，即从大阪府吹田市至山口县下关市的高速公路，途经兵库县、冈山县、广岛县、岛根县。（本文中所有注释均为译者所注。）

题的认识仍存在很大的差距。

大津市一名初二男生因遭霸凌而自杀；大阪市立樱宫高中一名男生被体罚，因不堪其苦而自杀。最近数年来，此类问题成了在校学生无处倾诉的秘密，直到有人自杀的那一天，问题才相继暴露出来。大津市的事件发生后，《霸凌防止对策推进法》应运而生。虽然政府部门采取了各种措施，但各地因无法忍受霸凌而自杀的事件仍屡有发生。学校本该是一个发掘孩子潜力、促其成长的地方，可就在这样的地方，有些孩子心中的苦楚无处诉说，甚至丧失自尊，他们的将来就这样被扼杀在萌芽之中了。由于学校方面的隐瞒不报，即便事态严重恶化，其真相也仍然无法曝光。

学校里，孩子们最说不得的秘密就是教师猥亵学生的事件。实情一直被隐瞒不报，致使多年来此类事件屡有发生。甚至有过一名教师对三十多名受害者伸出魔掌的案例。

教育工作者们不禁发出“学校何以如此”的感叹。究其原因，完全是因为教师在学校里相对于学生而言处于指导者的地位，拥有绝对权力的缘故。本应备受信赖的教师成为加害者，这是学校里独有的“权力犯罪”，但校方和教育委员会却认为“这只是部分行为不检之人所为”“任何一个组织内部都有这样的人”，他们明哲保身的态度，更促使他们去极力隐瞒和掩盖事实真相，这就为下一次事件的发生埋下了伏笔。

此外，即便有些教师隐约觉察到其他同事形迹可疑，为了使自己免受牵连，也会选择视而不见。这与霸凌问题中屡见不鲜的“旁观者”现象如出一辙。

多数教师在工作上是一丝不苟的。当然，也有些教师虽然授课认真，在社团活动方面也有些成绩，却在背地里做出一些见不得人的勾当。但是，在我采访的加害者当中，没有一个人承认自己滥用权力，他们甚至说，根本就没意识到自己权力在握，在他们看来，那无非是“对等的恋爱关系”罢了。

平日里，即便孩子觉察到情况有异，都很难开口跟大人说“不”。要跟老师说“不”的话，更需要极大的勇气。有些教师往往认识不到这一点，于是教师与孩子的意识之间就出现了一道无法逾越的鸿沟。

而且，一旦这种事被发现，学校也会极力隐瞒，其隐瞒力度更甚于因体罚自杀或是因霸凌自杀之类的丑闻。这些“绝对不允许发生”的事件的发生，使得校长和教育委员会惊慌失措，所以他们只能当作从来没有发生过，将事情压下来。

这时，身为受害者的学生的话则变成了“谎言”。受害学生即便是拿出最后一点勇气将真相公之于众，也会遭到周围人的攻击，可谓是求助无门。这种情况早已经屡见不鲜。校园性骚扰的特征之一，就是会令受害者受到“二次伤害”。

遭受侵害却没有人相信自己，大人们全都站在身为加害者的教师那一边，大声训斥自己扯谎。请大家站在受害学生的角度为他们想一想，这会是怎样的一番心境呢？此等有违天理人伦的事，难道我们应该听之任之吗？

学校真是个奇怪的地方，一旦有事发生就遮遮掩掩，更对受害者加以迫害。

本来是立志教育事业才成为教师的人们啊，你们为什么要毁掉孩子的未来呢？校方无论如何都要隐瞒事实的真相吗？究竟该怎么做，才能有效杜绝校园性骚扰呢？

在揭晓问题的答案之前，我们先来分析一下日本教育的现状。在我看来，事件的发生与个人素质如何关联不大，其原因在于学校的教育体制。而问题的根源在于人们传统观念中的教师形象。在人们以往的印象中，教师往往是高高在上的，教师给予学生的，是提拔与抬举。进一步来讲，教师根本就不关心孩子们的个性是否得到成长，也压根儿没有把孩子们学习的权利放在首位，而是想着如何让自己与理想中的教师形象相吻合。问题应该就出在这里。

日本国内唯一一家致力于解决校园性骚扰问题的机构位于大阪，就是非营利性组织“防止校园性骚扰全国网络”（SSHP），其法人代表为龟井明子。SSHP 成立 20 年来，龟井共受理了 1500 余次咨询，给予受害者很大的支持。我与其打交道的时间也在十年以上。我从龟井及其友人神奈川大学名誉教授入江直子的身上学到了很多东西。这二位在这本书中多次登场，他们每次登场，都能引发读者的一番思考。

学校究竟为什么会这样？从现在开始，我们应该敢于正视那些被瞒报的 SOS。从这本书中，我们可以听到那些孩子的悲鸣声，这些都是我们平时无从听闻的。希望这本书能够为日本教育的新面貌推波助澜，或是能够成为让日本社会大为改观的引子。

本书整理自共同通信社于 2013 年发往日本各地报社的连载企划《无声的悲鸣——学校里特有的事件》，成书时经过大幅的增减修改。此连载曾经在 21 家报刊上登载。

本书中登场的人物，除了龟井与入江二人，其余皆为化名，其年龄皆为接受采访时的年龄。

池谷孝司

目录

无声的角落

问题教师

那时候我还太小，又没有主见，只是觉得老师让怎么做，就应该照做。

终于可以说出受到侵害的事实了

“我终于意识到，不必再隐瞒自己被侵害的事实了。”

已经年过三十的横山智子终于可以看着我的眼睛，坦然地说出上面的话。最初说出事实真相的时候，她才二十五岁左右。我还记得些许细节，那时她面色惨白，而且异常消瘦。我想她当时大概还没能摆脱高中时期受到侵害的阴影，所以对周遭的一切仍然没有一个清醒的判断，处于浑浑噩噩的状态。

她高中二年级的那年秋天，班主任山本武以升学及就业指导面谈为由，邀请她一起去唱卡拉 OK，她当时不知该如何拒绝，就坐上了山本的车。结果被拉到旅馆，被山本给强暴了。

“真没想到老师会做出那样的事！”智子愤慨道。

这件事她没法跟别人倾诉，苦恼之余，她出现了进食障碍，每天摄入大量食物后，继而呕吐。她的心思也全然没法放在学习上面，成绩一落千丈。即便如此，她还是拼命学习，试图逃离班主任山本所在的地方。但是，在考入关东大学，甚至在大学毕业开始工作以后，这件事仍在困扰着她。

“我一直在责怪自己，为什么就跟着去了呢？为什么就不找大人商量一下呢？”智子说道。

人们都说，性暴力扼杀的是人的灵魂。非营利性组织“防止校园性骚扰全国网络”（SSHP）法人代表龟井明子在听了众多受害人的倾诉后表示：“他们的肉体虽然尚在，意识却已经不在那个躯壳当中，就像是踩在云朵上一样，无所依托。”听我转述完龟井的一番话，智子表示深有同感。

对于智子来说，受到侵害后失去的最重要的东西就是“自信”。她的自尊心受到伤害，经常会觉得错在自己，时常把“对不起”挂在嘴边。

她常常轻视自己，异性关系方面也是一塌糊涂。她饱受所谓的“恋爱暴力”，即来自恋人的暴力的折磨，即便因拳打脚踢而导致肋骨骨折，往往也只是对方一句道歉了事。有时她还会被惩罚跪在新干线的站台上。

“我的恋爱运实在是不佳。”智子说道。

但让她的恋爱运发生扭曲的罪魁祸首，正是她高中时代遇到的那个“问题教师”。

龟井曾经说过：“被侵害过的人往往会再次受到伤害。”这说明人一旦遭受侵害，判断力就会下降，从而容易导致再次遭受侵害。如果没有被性侵的经历的话，那么她就不会忍受被恋人粗暴对待了。

虽然她也知道“如果没有那个家伙的话，事情就不会这样了”，但在她身上更多的却是自怨自艾。

我和智子是在一次教育工作者会议上认识的。她工作在教育第一线，因此对教育的前沿情况十分了解，我曾经几次就教育相关情况的问题向她请教，并将自己在文部科学省采访时得到的数据告诉了她：

因猥亵而受到处分的中小校教师每年多达百余人，而受害者当中有近半数是学生。

听我说完她不禁惊叹：“原来并非只有我一个人有这样的遭遇啊！”这才将过去那些她不愿回想的往事讲给我听。

“这并不是你的错，错在那个老师。”

听了我的话，智子释然了，之前她还一直在担心我是否会将责任归咎于她。她自己也查了很多资料，慢慢地开始意识到“这并不是受到来自陌生人的无差别侵犯，而是陷入了老师利用职务之便专为学生设计的陷阱，绝对不能就这么不了了之”。由此，她更加确信此类事件是由于教师滥用职权所致，而且是学校里特有的事情。她更了解到，此类事件之所以屡屡发生，就是因为面对教师的侵犯，学生几乎是倾诉无门，即便是鼓起勇气告发，针对学校的调查，作为加害者的教师也会矢口否认，而校方为了名声刻意隐瞒事实真相的情况更是屡见不鲜。

智子大学毕业后，在东京从事与教育相关的工作，从小学到大学都能经常见到她的身影。每当她看到校园里特别无助的孩子，就会想起自己的遭遇。

经过一番调查，我了解到伤害智子的那名教师已经年过五十，在另外一所高中任职。

“或许山本还在高中里干着同样的勾当。”智子的这个疑虑让她产生了与山本正面对峙的想法。

但见面也有风险。对此，龟井给出了较为慎重的建议：“最好不要跟他硬碰硬。如果智子回忆起遭受侵害时的情形，可能会令她再次陷入过往的痛苦当中。”

听了龟井的话，智子的脸上蒙上一层阴影。

几经思虑，智子还是决定与山本正面对峙，她说:“虽然我不想见到他，但为了让其他孩子免遭厄运，我不得不这样做。可一想到这个人我就很害怕，如果你肯陪我一起去的话……”

几经讨论，我们商定了约山本出来的理由并制订了“作战”计划。

交锋

“最近要去那边出差，想跟您见一面。我还打算组织一次同学聚会，所以想先跟您商量一下。”

2005年1月，智子站在枢纽站纷杂的人群中，努力控制着身体的颤抖，掏出手机拨通了山本所在高中的电话。此时距她高中毕业已经过去了八年的时间。

“好久不见。什么时候？”电话那边，山本答应得很是痛快。或许他还有什么肮脏的想法也未可知。

智子之所以选择在外面，而不是在家里打电话，完全是由于恐惧。她以为外面嘈杂的人群可以冲淡她的不安情绪，可她挂了电话以后，却依旧浑身颤抖。

会面的地点在她家乡的一个车站。自从高中毕业以后，这是她跟山本第一次见面。她从心底不想再看到这个人。我们决定先让智子单独与其会面，好让他放松警惕，亲口说出当时的实情。我们计划等他亲口承认以后，我就出场。

日期是2005年1月30日。此刻距离约定下午一点见面的时间越来越近了……

“我的手在发抖，我怕控制不住自己……”智子的声音小到几乎听不见。

距离约定的时间大概还有十分钟，智子站在检票口的闸机前，我在离智子不远处看着。这期间我不断看表，可时间却好像停止了一般漫长。终于到了约定的时间，一个头发花白的中年男子来到智子近前，两个人相互打了招呼。

我仔细打量着那个男人。他不胖也不瘦，中等身材，似乎比智子略高一点，穿着一身灰色运动服。他脚上穿着一双黑鞋，跟这一身衣服极不搭调。后来听智子说，高中假期时间，他就经常穿这身衣服。

“他就是那次卑劣事件中侵犯智子的教师吗？”我心里不禁感叹道。

智子与山本二人并排走在前面，我跟在他们身后并与他们保持一定的距离。

咯吱，咯吱。

在午后阳光的照射下，地上的积雪正在融化。我们踩着积雪走在人行道上。零度的气温下，每个人的呼吸都是白色的。山本叉着腰，大步走着，智子踏着碎步，跟他并排前行。步行五分钟左右，有一家小餐馆，我见二人进去以后，等了一会儿才跟了进去。

见他们俩上了二楼，坐在预订的位置上，我才在一楼选了位置坐下，点了啤酒和一些下酒菜。我一边考虑下一步该如何行动，一边等着智子叫我。时间过得异常地慢，我就这样焦急不安地等待着。

对于记者来说，等待可谓是家常便饭。严冬时节，北风呼啸，站在昏暗的住宅区里等待采访对象，一等就是几个小时，而且还不知道对方是否回家。一想起这些，现在的等待根本就算不得什么。

“请上来一下。”

听到智子颇有些紧张的声音后，我站起身来。

已经年过三十的智子，总会将自己大学时代教育实习时的经历跟自己高中时代的回忆联系起来。

智子说她曾在一所小学四年级的教室中，见到一个身材小巧且非常可爱的小女孩，她总是沉默不语，睁着大大的眼睛似乎总是在观察着什么。但细心留意的话就会发现，她的手腕上有一条鲜红的伤痕。

智子问她这是怎么弄的，她小声说：“妈妈打我。”

智子认为这个孩子很可能被人虐待，就向孩子的班主任反映了此事。

“我觉得那个孩子仿佛就是当初的我。不敢跟大人商量，只盼着有人会注意到她。上高中的时候，我就是用那样的目光向周围的人求助的。当初我的心里就是这么想的。”智子说道。

智子给予那个女孩关心，同时也给了她说出来的勇气。可是，当初却没有人注意到高中生智子有什么不对劲。

“为什么没能逃脱他的魔掌？又为什么没向别人求救呢……我只是想着要引起大人的注意，却又没有勇气说出口。那时候我还太小，又没有主见，只是觉得老师让怎么做，就应该照做。”

对此，有着丰富咨询经验的龟井说道：“让孩子自己主动说出来着实不易，所以大人要细心观察孩子身上发生的细微变化。身为教育者绝对不允许这样的事情发生,但是我们要充分考虑到其发生的可能性。很多学校认为此类事件是绝不允许发生的事，就简单的一句‘我们学校不可能出这种事’敷衍了事。”

智子从事教育相关工作，往来于各所学校之间，所以对这种状况也十分熟悉。受害者往往由于担心对方会对自己不利或是担心遭到报复，因此不愿意找人商量，作为加害人的教师就是看准了这一点。如果只看表面的话，我们将永远看不到孩子们遭受侵害的真相。

智子回忆起高二那年秋天令她痛苦的事。事情的开始是这样的。

突如其来的邀请

高二那年的初秋，大家都在为运动会的准备工作忙得不亦乐乎。班主任山本武正在教室里分发纸条。

“今天将会针对升学就业的问题进行一对一面谈。纸条上写着面谈的顺序。”

放学后，班主任跟学生们陆陆续续进行了两个小时左右的面谈。

“怎么样？都问了些什么呀？”

面对横山智子的询问，刚刚结束面谈的香奈答道:“只是问了想要报考的大学和专业。”

“哦。”

智子听了香奈的回答，觉得面谈很快就会结束，就向老师指定的面谈地点——位于教学楼角落的广播室走去。

“你想考哪所大学呀？”山本问道。

不知为何,山本竟然让智子和他并排坐在调音台前。在他们前面，堆放着其他学生的志愿调查表。

“东北大学,选哪个专业还没有考虑。”智子看着坐在旁边的山本说道。

智子只是想上东北大学，至于想学什么，她自己也不清楚。总之要是能考上旧帝国大学[1]的话，在这个镇子上可是相当露脸的事。理由仅此而已。智子说完自己的志愿，立刻将目光落在自己的双膝上。由于和山本之间的距离太近，她觉得有些不自在。

“以你现在这个分数，可有点儿困难。”山本指着智子期中考试的成绩说道。

“我知道，三年级的时候我就会停止所有的社团活动，专心备考。”智子的声音很低，低到几乎被广播室四周的隔音壁完全吸收。

面谈至此结束。智子点了一下头，正要起身离开时，山本的口气突然一变，说道：

“横山，你平时去卡拉OK吗？”

这令智子着实感到意外，山本的口气突然变得缓和起来，而且在这种场合突然被问到这种问题，她实在猜不透老师是何意图。智子犹豫道：“偶尔……会去。”

“我也想去玩，下次一起去吧？”

“啊？！”可以听出智子的声音中充满了讶异。

智子心中想道：“有意思！和这个头发花白的大叔去卡拉OK？我得把这个和香奈说说。”智子想到会和香奈谈到这个有趣的话题，不禁有些兴奋。或许老师想要研究女高中生文化？恐怕没有人会愿意去吧……

[1] 旧帝国大学，从明治末期至昭和时期日本政府在全国各地设立的日本旧制国立综合大学的总称。现在的北海道大学、东北大学、东京大学、名古屋大学、京都大学、大阪大学及九州大学都在此列。

“这周日你有空吗？”山本不容她思索，接着问道。

老师只邀请了自己一个人吗？智子思索着。

“嗯……可是……还叫上谁比较好呢？”智子问道。

“不用了。不用叫那么多人。其实倒不是真的想唱卡拉OK，我只是想找机会跟你说说话。不管是在家里还是在学校，总有操不完的心，偶尔也想以父亲或是老师的身份，在家庭或者学校以外的地方跟你谈一谈。这样就能有足够的时间了解一下你与其他的同学相比到底有什么与众不同之处。”

山本上课的时候，只是一味将教科书上的内容照搬到黑板上，而且从来不开一句玩笑，这一刻，智子第一次看到他脸上出现笑容。

智子在自己的内心深处自问自答：“一般应该拒绝吧。但这样会不会对自己不利呢？因为要保送的话，推荐书还握在班主任手里。唱卡拉OK的话，应该没什么问题吧？作为班主任，应该不会做出什么出格的事情吧，是我自己太多虑了。”

她开始用各种理由努力说服自己。

另外智子觉得，山本说自己“与众不同”，是不是已经在推荐书上写了什么评语了呢？但如果她和老师两个人去卡拉OK的事被传出去的话，肯定会被传得比任何小说情节都精彩。智子暗自思忖着。

“那好吧……车站附近的卡拉OK怎么样？”智子提议道。

“那家店的话，别的学生和家长也都常去，尽量选没有熟人去的地方吧。啊，有了，卡拉OK不行的话，我们开车出去兜风也不错呀。只要能聊天就好。在你家附近集合怎么样？”山本一变再变，这使得智子更加不安起来。

“我家附近恐怕不行。”

智子的父母都是教师，如果让家长知道了可不得了。所以她打算委婉地拒绝山本。

“那我11点在车站附近的超市停车场等你。”山本根本不给她时间犹豫。

“嗯……”

面对这般的死皮赖脸，智子觉得有些恶心，但又拗不过山本的死缠烂打，只得含糊其词地答应下来。这时“教育之家”培养出的“乖孩子”性格上的弱点就暴露出来了。

“即便是现在，我仍然不知道该怎么拒绝别人的要求。”智子叹了口气说道。

“虽然我心里害怕得不得了,但他那句‘你是与众不同的’让我觉得他会给我特殊的评价，觉得他值得依靠。我根本就没想到，他竟会有如此肮脏的想法。”

看来山本很懂得如何巧妙利用学生的心理约她们出来。

智子现在回顾起当时的情形，升学就业进行面谈的地点之所以不选在教室，而选择在环境相对封闭的广播室，山本应该是早有此图谋，因为山本与广播社团之间，原本就没有半点牵连。

“这根本就是在光天化日之下,明目张胆地利用私密性较好的教室勾引女学生的行径！女学生被这突如其来的邀请搞得莫名其妙，从而陷入他布置的陷阱。”

据智子所言，现在很多大学里都有防止性骚扰的对策。教师要是因为工作上的关系，需要与学生单独谈话的时候，必须要敞开门。但却从来没听说哪所中小学有这样的规定。

针对这点，龟井的合作伙伴——神奈川大学名誉教授入江直子认为:“大学通常具有很强的性骚扰防范意识，而中小学却缺乏相应的防范意识。”入江强调:“中小学中所发生的此类事件，多是由于教师滥用职权为自己创造与学生单独接触的机会造成的。而在大学里，只要是老师与学生独处一室，就有性骚扰的嫌疑，所以才会有必须敞开门的规定，从而避免老师与学生进行一对一的接触。这就是学校的危机管理。”

突如其来的烦恼从天而降，智子从广播室出来以后，心不在焉地走着。

“距离约定的日期还有三天，得想个好办法。”

智子的心底涌起一阵强烈的不安。

“我为什么要去？”——智子的自问自答

收到班主任山本令人莫名其妙的邀请之后，智子带着满心疑惑回到了教室。这件事自然无法对好友保密。

“山本想约我去卡拉 OK。”

智子商量的对象也只有香奈。此时此刻，智子已经没有心情再把这件事当成玩笑了。虽然她打心眼里不想去，可是又不想因为这件事而得罪了山本进而影响到自己的成绩。这件事在她心中已有定论，但她还是想在香奈那里印证一下自己的想法。

“有这样的事？别去，没什么好事。”

智子早已猜到香奈会这样说。

“你也这样说……但山本说只是聊聊天而已。”

“劝你还是不要去。”

香奈的话说得斩钉截铁，二人之间的谈话也就此告一段落。接着，香奈又说起喜欢的歌手出了新专辑的事，智子总觉得她好像在刻意回避这个话题似的。

“我自己都不知道为什么会去，总感觉难以拒绝。”

在此之前，智子即便遇到自己不喜欢做的事，也从来不会说“不”。

“之所以会这样，或许是因为我的父母都是个性死板的老师，而大人说什么，我也只会言听计从的缘故吧。”

数年前，智子在回家探亲时向母亲抱怨：“我小时候，你从来都没表扬过我。”她的母亲回答得很干脆：“无论做什么你都是中规中矩，实在找不到什么可以表扬你的由头。”这些对她的母亲而言，只不过是往事，但对智子来说，却跟眼前的事密切相关。她初中时的成绩是年级第一，表现好是理所当然的，她自己也很努力地扮演着一个“乖孩子”。作为一个“乖孩子”，像这种不着边际的事，她终究没敢找父母商量。

在智子的记忆当中，无论成绩如何好，如何优秀，也换不来父母的一句褒奖，所以她总是没有自信。再加上，她上了高中之后更为成绩进步缓慢所烦恼，因此在众多优秀的学生当中，她变得越发没有自信了。

她的朋友个个都一本正经，不苟言笑。自从考入这所高中以后，智子慢慢变成了一个“老土学校里的普通女生”。智子为此感到焦虑，“普通”绝不是她想要的。为了彰显自己的与众不同，也只能在校服上下功夫了。她试着把领花打两个结，这样看起来会显得短了不少；把裙子长度改到膝盖上方十厘米处；在耳朵上打了三个耳环孔；头发则用带两个白色绒球的头绳系在左右，完全是一副另类的打扮。到高二那年的秋天为止，她一直执着于自己的外表，可除了她自己以外，根本就没人在意她打扮成什么样。

她一直想让别人关注自己，可根本就没有人在意她。在这无聊的高中生活当中，山本的话让她第一次感觉到有人在夸奖自己。

“害怕直接拒绝他会对自己不利，这当然是最大的原因，可还有一部分原因，就是我觉得这是他对我的特殊照顾，对我另眼看待。”智子直言不讳地说道。

可是她绝对想不到，这次事件竟会将她那微不足道的自尊也连根掘起。

“去卡拉OK唱什么歌呢？会说些什么呢？要跟他在一起多长时间呢？”

智子的脑海中出现了一连串的疑问。要是拒绝的话，该怎么说才好呢？如果在学校说，恐怕很难不被人发现。要是往他家里打电话，他家里人接电话我该怎么说？智子思前想后，一边想象着其他人的反应，一边寻找退路。

直到约好的那个星期天到来，智子也始终没能鼓起勇气拒绝。她有些自责，但还是去了事先约好的那个超市停车场。

“我和朋友一起去图书馆学习。”智子说道。

“晚饭之前能回来吧？记得在七点之前回来呀。晚饭时间要是晚了的话，奶奶会不高兴的。”

智子的话没引起母亲丝毫的怀疑。母亲就像往常一样，一边发着牢骚，一边目送智子出了门。智子脚下蹬着自行车，内心十分不安，却又安慰自己：“也许是我太过多虑了。我的自我意识太强了。”

到了停车场，智子正在存车处存车，一辆褐色的面包车缓缓驶来。

“坐我旁边吧。”山本说道。

听了山本的话，智子上车坐在了副驾驶的位置上。该不会被人看见吧？智子感觉自己的心脏都快要跳出来了。

被花言巧语骗到旅馆

“那天发生的事情，直到现在我仍然记得清清楚楚。”智子在回忆当天的情形时说道。

刚上山本的车时，智子紧张得不得了。

在此之前，除了父母以外，她从没坐过别人的车。智子并不想让山本知道这一点，她坐在副驾驶的位置上，故作轻松地跟山本打招呼：“啊，您好。”

山本在上课时只知道写板书，可此刻却大不相同，脸上居然带着笑容。他平时总是一身西装，而现在则换上了一身灰色的运动服，显得十分随和。为了缓和气氛，山本说了一些“秘密”的话题。他先是发了一番牢骚，说在家里和妻子女儿根本没什么话说，又说班里的一名女生已经和东京的一家演艺事务所签约，正在学舞蹈。

“我根本就没觉得被他选中有什么不好，所以我尽量让自己表现得积极一些。”

为了避免沉默的尴尬场面，智子努力寻找着话题。比如说休息日如何打发时间，比如说为终止社团活动而犹豫不决，再比如说在通勤电车上学习的事。她告诉自己，要放松，不要让山本看出自己的焦虑与不安。

汽车行驶了三十分钟，已经驶过了两个镇子。

“还是去卡拉OK吧。”

“好……”

山本说着，把车开上了山路。这里没有一户人家，路旁的树木荫翳蔽日，临近正午却好像傍晚一样昏暗，这使得智子越发不安起来。

“这种地方会有卡拉OK吗？”

“再走走，会有吧。可要是去卡拉OK的话，没准儿会遇到熟人。要是让人看见我和学生一起出来可不太好，还是去旅馆吧。”

“旅馆？！”智子惊得喊出声来，又连忙假装咳嗽以掩饰自己的失态。

“嗯。现在的旅馆里也有卡拉OK。你放心吧，除了唱卡拉OK，我不会做其他事情的。”

智子此时心里已经慌作一团，老师真的只想去唱卡拉OK吗？他不会带我去情人旅馆吧？我还是找个机会下车，步行回去吧。但是如果他抓住我的手腕不让我走该怎么办？

“大学保送的推荐信在他手里攥着，当时我心里还想着升学考试的事情。要是有什么不好的传言传到朋友或是其他老师的耳朵里，恐怕以后我就难以在学校里立足了，所以要想平安无事，也由不得我不去。”智子在回顾当时的心境时说道。

“当时我觉得自己的选择是正确的，到最后一定能够平安无事，可事实证明我完全错了。”

在过去的十七年里，智子从来都没遇到过什么危险。或许，她已经习惯于无论遇到任何事，都要做出最安全的选择。

她之所以不向父母求助，或许是因为不想让身为教师的双亲为她担心，抑或是觉得他们对自己充满了期待，不想破坏自己在他们心目中“好孩子”的形象。

山本突然将方向盘一转，转入了岔道。下坡处有十来栋老旧的别墅立在那里。

“这里说是有卡拉OK。”山本说道。

二人下了车，只见前台立着一块花里胡哨的牌子。山本在前台拿了钥匙。

还有三十秒就到房间门口了。

“现在快跑的话还能逃掉，但是也不能一路跑回家，很快就会被山本开车追上。”

正在犹豫间，两人已经到了房门前。门开了，智子手足无措地站在山本身后。

无力反抗，觉得对不起男友

“一路上我不断考虑着该怎么办，却又想不出什么办法，只能跟着他走。”智子继续回忆当时的情景说道。

智子清楚地记得那扇门十分厚重，颜色是红色的，门里面十分昏暗。智子是第一次来旅馆。狭小的房间里摆放着卡拉 OK 设备和一个鲜红色的沙发，还有床。房间里散发出一股发霉的气味。

“咚！”门关上的时候发出巨大的声响，吓得智子一耸肩。“呼——”智子呆立在那里，大口喘着粗气，她把两只手叠在一起，好让自己的手指不至于发抖。

“坚强一点就不会有事的。”智子反复嘱咐自己。她坐在沙发上，拿起桌子上的曲目单，用不断颤抖的手指翻阅着。

“唱什么好呢？”智子故作镇定地说道。

恍惚中智子感觉山本站在那里，两眼直勾勾地盯着自己，然后又在自己旁边坐了下来。她下意识闪到一旁。可山本突然伸手搂住了她的肩膀，还把自己的脸凑了过来。

“我早就想跟你说了。”

“请不要这样！”智子紧闭双唇，用手腕抵住山本的脸进行反抗。

山本强行把她抱在怀里,嘴里嘟哝着“我寂寞”“我喜欢你”之类的话。智子拼命想推开他，可根本无济于事。

“或许有人会问,我为什么不拼命反抗？为什么不逃跑？但我当时真的是无计可施。”

山本搂着智子，将她推倒在床上。智子想要重新站起来，可她做不到。

“我被他压在下面，一动也不能动。衣服被扒掉之后，我只能咬牙默默忍着。”那是剜心一般痛苦的回忆。

“你是第一次？”

面对山本的问题，智子点了点头。她的头脑中一片空白。

“我都不记得回去的路上都说了些什么。我想他应该是说了让我保守秘密之类的话，或者，也有可能问了我下次见面的时间，总之下一次见面是定在两周后的星期天。那时手机还没有普及，所以只能在分手时约好下次的时间。”骑上脚踏车,智子的脑海中浮现出大她一岁的男友。两人还没到接吻的程度，智子觉得很对不起他。

该怎么对父母说呢？不能跟他们说实话。

“今天图书馆里空荡荡的。和好友香奈一起学习，中午吃的拉面，回来的时候随便吃了个面包圈儿……”就这么说。

“今天太用功了，感觉有点累，没有什么食欲，也不想说话。”

智子已经想好了该怎么说。

“我回来了。”

母亲正在准备晚饭。智子强装镇定,就和平常一样先去了洗漱间。她刷牙刷得格外仔细,就连嘴唇和舌头的上下两面也都刷得干干净净。

自此以后，她就养成了刷牙刷得格外仔细的习惯。母亲见智子刚到傍晚就开始烧洗澡水，一脸讶异的表情，智子连忙一边搓着双手，一边说道："好冷啊。"

夕阳的余晖落在浴盆上。智子不敢直视镜子中的自己，只顾低头清洗自己的身体。

"这时我听到母亲与祖母在厨房争吵，换在平时，我会觉得她们很烦，而此刻她们的吵架声却给我一种安心的感觉。"

山本泄题遭拒

星期一，山本同往常一样出现在教室里开始上课。当然还是老样子，所谓上课，也只不过是把教科书的内容照搬到黑板上。智子也只是把黑板上的内容抄在笔记本上。

对于上课的内容，智子左耳进右耳出，脑子里想的都是那件事，责问自己为什么要去，也在考虑以后该怎么办。

“这件事连跟父母商量都不行,我觉得自己孤零零的。要是一不小心说漏了嘴的话可就要倒霉了，无处容身的感觉简直太可怕了。”

“保守秘密是为自己好。”“我再忍耐一下,就谁都不会受到伤害。”智子在心里反复告诉自己。

“在这期间，我一直固执地以为自己当时的判断没有错，一直在为自己的行为找借口，认为那是正确的。真是鬼迷心窍了。”

智子害怕在学校里让人在背后指指点点。

“虽然不是出于自愿，但我也算是和老师有了婚外情，而且我是学校里唯一这么做的,应该很让人羡慕吧。我给自己贴了这么一个标签，好让自己不至于崩溃。”

对此，SSHP 的龟井明子表示："受害人出于某种心态，觉得如果不把和老师之间的关系维系下去的话，自己就会垮掉。来自熟人的侵害，之所以能够屡屡得手，往往都是因为加害者懂得利用受害人的这种心理。"

下次约定的时间——两周后的星期天很快就到了。智子还是跟母亲说是去图书馆，又再次来到了上次那个超市的停车场。

山本在便利店买了烩饭和奶油泡芙，准备带到旅馆里当作午饭。山本看起来很是从容不迫，抑或他只是装出一副从容不迫的样子而已。

那天，智子对山本说，她有一个比自己大一岁的男朋友，自己这样做，觉得很对不住他，有一种负罪感。可山本似乎根本不在乎这些。

就这样，她和山本一连出去了三四次。

说心里话，智子觉得这样很恶心，却又无计可施。她实在想不出拒绝他的办法。万般无奈之下，她的心态发生了扭曲。

"只有我才看得到山本的丑态。在教室上课的时候装得一本正经，可在我面前，他就像是个会撒娇的孩子，真是太有趣了。我觉得除了这样安慰自己，也没有其他办法了。"

智子觉得自己就快要崩溃了。

而另一方面，山本则想方设法要把二人之间的关系延续下去。

快放寒假之前，山本在教室里通知大家要进行第二次一对一面谈。此次面谈的对象是"有必要进行进一步升学及就业指导的学生"。

"下周模拟考试那天，咱们再见一次面吧？"

还是如同密室一般的广播室。智子刚一坐下，山本就说出上面的话。与升学有关的话题一概没有。

"考试我不能不去。"

"这次模拟考试又跟学校的成绩没关系，等答题纸收上来以后，我就给你写上成绩。"山本死皮赖脸地说道。

"我讨厌作弊。再说，没参加考试却有成绩，朋友们一定会怀疑的。"

"可结果我还是没能推掉。考试那天我缺席了。"智子若有所思道。

那天，智子坐在副驾驶席上，发现对面开来了一辆车。

"我当时吓了一跳，我父母在那辆车上。"

那一瞬间，智子扳下了座椅的调节杆，她人连同座椅一起倒向后方。

"怎么了？"

"没什么。"智子惊魂未定地答道。

这件事无论如何也不能让她的父母知道。

"我觉得，看我有如此表现，山本肯定觉得我是无论如何都不会说出去的。"

山本或许觉察到智子有些动摇，于是有了新的动作。临近期末考试的时候，二人乘车离开旅馆，山本从提包中取出考试卷给智子看。

"这是这次考试的试卷。"

"嗯？什么意思？"

"这是这次的考试题，我也只能帮你这么多了。"

"我不要！"智子终于恢复了理智。

拒绝“情人契约”

“这就是所谓的‘情人契约’吧。”

班主任山本死缠着高中二年级的智子不放，妄图把这种扭曲的情人关系维系下去。智子把山本撒下的饵称为“情人契约”。要是接受了这纸契约的话，终点又会在哪里呢？

高二快结束了，能够左右学生升学结果的权力，就是身为班主任的山本手中的王牌。

“私立大学的保送名额我给你留着，不管是早稻田还是庆应，都没有问题，只要你能继续跟我保持交往。”

“居然有这样的事？”我问智子。

智子沉默良久，才继续回忆道：“我那时根本就没有心思学习，成绩一落千丈……要是参加普通升学考试的话，根本就考不上。我觉得他这招很奏效。”

“三年级时我还是你的班主任。为了方便联络，送你个手机。”山本不容智子开口，又继续说道。

“我觉得他从一开始就抓住了我心理上的弱点。”

智子初中时的成绩是年级第一。

“我的父母都是教师，在旁人眼里，我是一个‘老师家的孩子’，所以我在精神上一直很紧张，在一次同学聚会上，班主任说我是个‘从来不会笑的孩子’。”

升入高中以后，她就成了一个“凡人”。除了自豪感，她变得一无是处。

“我还觉得自己是个优等生，特别在意别人对我的看法。我每天无所事事，特别想做点什么。”

智子认为山本正是摸透了她这一点。山本觉得像智子这样的学生，以升学为诱饵的话，应该会很容易让她上钩。现在回想起来，山本第一次约她，就是在升学指导的现场。

对于山本的诱惑，她应该断然拒绝。

“我想考国立大学。”智子鼓足了勇气回答道。

“这样啊……可是，我想一直把你留在身边。下周就开会，讨论三年级分班的事，你想和谁一个班？我把你和你的好朋友香奈分在一个班吧？”

智子那微不足道的反抗根本就无济于事。

诱惑简直是接踵而至。

“我给你提一提成绩，还是考本地的大学吧。反正我最近也要调动工作，这样的话，毕业以后也能再见面。”

山本的声音一直在她耳边回响。

“直到这时，我才真正意识到事情的严重性。这样下去的话，我很可能一辈子都逃不出他的手掌心了。”

智子决定报考远离此地的关东地区的大学。

她想对山本说“不”,想早日逃离他的魔掌。但是如果让旁人知道了事情真相的话，那就太可怕了。她没有勇气主动向别人求助，只好想方设法去引起别人的注意。在其他老师的课上，她在心中默念:“老师,看看我吧。我已经误入歧途了。”智子费尽心思,想找一位既可以向其求助，又能够为自己保守秘密的老师，但却始终没有结果。她觉得自己真没用。

事情发展至此,智子觉得自己已经到了极限。“我受不了了！”她对山本的厌恶已经到了极点，就连上山本的课都让她觉得无法忍受。一天，她逃了山本的课，溜到了校外的图书馆。这是她第一次自发的行动，紧张得手心里都是汗。

“我知道，我这样做，秘密或许就会暴露。”

商量没能解决问题

高二学年快结束了。连日来，每逢班主任山本的课，她总会逃到图书馆。

"一天，我在校门前遇到了我当时的男朋友和好友香奈。"

他们觉察到我有些异常。

"怎么回事？是因为山本吗？"智子假装没听见香奈说什么，把阴沉着脸的两个人带到超市的地下饮食广场。

三人喝着饮料，智子终于说出了那件事。

"他约我出去，我就去了，结果他就不断约我。"

"他把你怎么了？"

智子觉得现在绝不能对香奈说实话。

"没什么……没做什么，只是约我出去而已。"

智子的男朋友平时性情温厚，可此刻却剑眉倒竖："太无耻了！山本！总之你要先拒绝他。再有什么事的话，马上告诉我。"

说完，他就先回学校去了。

"男朋友一走，我的眼泪就忍不住了，立刻跑向了洗手间。"

智子在洗手间的隔间里失声痛哭。打开门以后，当她看到好友为难的表情，立刻就瘫软在地上，不停地说着：

“对不起。我被他强奸了。”

“我没有反抗。”

“对不起，我没能……”

她一直重复着一句话：“对不起。”

“总之，从此以后绝对不能再答应他。我那么劝你，你都不听……”

香奈大概已经不知道该如何安慰她才好了，只是不断强调自己极力劝阻智子，而智子却不听她的话。过了一会儿，香奈也回学校去了。

智子除了图书馆以外别无去处。她趴在图书馆冰冷的长桌上，任热量从自己的额头消散。她越发感到不安起来。

“我开始后悔跟他们商量这件事了。我该怎么办？我真恨自己是个女人。”

把事情挑明了，非但于事无补，还令智子更加不安了。看来谁都靠不上，只能靠自己了。

“我比之前变得稍微理智了一些，之前我一直对这种扭曲的关系持肯定的态度，好使自己不至于崩溃，可这太不正常了。从这一刻开始，我要试着从正面寻求解决问题的途径。”

智子决定逃离山本的魔掌。下次见面的时间是星期天，智子决定爽约不去。

这天早上，智子醒得很早，可就是不愿从被窝里爬出来。他不会报复吧？不会散布对我不利的谣言吧？种种念头从智子的脑海中闪过，这使得她十分焦躁不安。

“要是让人从背后指指点点的话，那我就无地自容了。我满脑子想的只有这件事。”

快到约定时间的时候，智子动摇了，她开始准备换衣服。

“只要再忍一忍，就谁都不用犯难了，反正再有一年就要毕业了。可是……我还是想逃出他的掌控。要是惹怒了那个家伙可怎么办？那也不能再这样下去了。明天有点恐怖，明天就不去上学了，就说生病了。”

时针指向了约定的 11 点钟。智子目不转睛地看着时间一分一秒地过去。30 分钟过去了，一个小时过去了，还是不见有任何动静。智子只盼时间能过得快一点。

新的一周，大家又都像往常一样，开始了新的学习生活。山本的态度没有发生任何变化，更没有逼迫她，自然也没有散布什么对她不利的谣言。她所担心的一切，只不过是杞人忧天罢了。

但是，在高三的开学典礼上，就在她的班主任姓名被公布的那一瞬，智子几乎惊得动弹不得。就像山本所说的那样，他还是智子的班主任。

高三起患上厌食症

“我的身体状况突然出现了异常。”

高三时，她曾经连续数月都躲着班主任山本，她在回顾当时的情况时说道。

“突然间没了食欲，什么都不想吃。”

她每天不吃早饭，中午只吃半碗饭和一个鸡蛋，晚上也只吃那么两三口。她患上了厌食症，而且连月经也不来了。

不久以后，她开始大量进食，继而呕吐。她又得了暴食症。她可以一次性吃完一盒饼干、一袋豆沙和一袋三四百克的面包，然后跑到洗手间，用手指刺激食道，将吃下的东西再吐出来。

无论是厌食症还是暴食症，都属于进食障碍，其原因是心理问题。她想从痛苦的记忆当中解脱出来。她的身体开始拒绝接受现实。

“我恨自己是个女人，也痛恨自己具有女性特征的身体。唯一能让人高兴的事就是我瘦下来了。”

此时的智子体重只有四十公斤，肋骨凸显，即便什么也不吃的时候还是呕吐。

到了这个地步，每每听到新的减肥方法，她还是要挨个试一遍。听说西红柿有助于减肥，她就每天吃十个西红柿。听到有人说她瘦，她就觉得找回了自尊。就这样日复一日，她满脑子考虑的，就只有食物。

为了防止别人看到自己就联想到性，智子干脆放弃了穿裙子，直到数年前，她才重新开始穿上裙子。

在百般痛苦之中，她只希望有人能够注意到自己，同时也没有放弃寻找值得信赖的老师，但始终没有结果。逃离山本魔掌的唯一手段就是升学考试。她拼命学习，最后终于考上了关东地区的大学。她的进食障碍一直持续到大学二年级。她也曾经为自己的“不干净”而苦恼不已。

智子上了大学以后，加入了兴趣社团。她和朋友制作的短片曾经在校园祭[1]上播出。短片的主题是“性”,题材是混乱内心中的抽象故事。短片中的故事虽然跟自己的经历无关，但其内容对于性是持否定的态度。她亲自出演，其中还有半裸的沐浴场景。

那件事之后，她的自尊心受到极大的伤害，对自己的评价也是极度低下,“像我这种人”成了她的口头禅。她在酒吧打工的时候，曾经与一位男性客人交往，其间经常被施以暴力，甚至出现过肋骨被打断的情况。

她大学毕业，乃至工作以后仍旧是烦恼不断。她跟那个有暴力倾向的男朋友分手以后，虽然又交到了新的男朋友，但新的男朋友仍对

---

[1] 校园祭，是在大学校园内组织的以学生为主体的课外活动，其内容包括文化活动、体育活动以及模拟店铺等。

她施以暴力。她每每被殴打，口中总是说着“对不起”，不断道歉。

“那件事之后，我没有谈过一次真正的恋爱。甚至有男性跟我主动搭话，我都会有一种莫名的恐惧感。

“但是我又不甘心就此罢休。”

恰在此时，她认识了我。我当时正在做教育方面的专题采访。我听了她的事情后，就安慰她，给予她勇气：“这并不是你的错。即使到了现在，你仍然可以向教育委员会投诉，仍然可以告他。”

在收集相关信息时，智子得知山本也曾约过其他同学，她上学时就曾经听说过类似的传闻。山本现在仍在其他学校任教。“他还在学校里，还会出现新的受害者！”智子的愤怒溢于言表。

后来，智子的好友香奈告诉智子：“其实，我上小学时，有过在医务室被老师侵害的经历。”此刻，智子才明白为什么当时她会极力劝阻自己。遇到有别人找自己商量这种事情时，一般不会极力劝阻对方“不要去”，正常的反应应该是“老师应该不会做什么出格的事吧？”正是因为自己有过类似的经历，她才会敏感地觉得事情绝不会那么简单。

“我也到了该谈婚论嫁的年纪，所以觉得有必要把这件事做个了结。我想知道山本老师的真实想法。”

但是，直到做出决定的那一刻，她还在一直犹豫，因为她不想在乡下的老家把这件事搞得沸沸扬扬。“不想把事情闹大”，这是很多受害者常说的一句话。关于这件事，智子一直对身为教师的父母保守着秘密，直到最后一刻，她才下定决心，觉得“再次逃避，必然会落得跟当时一样的结局”。于是她决定跟山本进行正面交锋。

男人和女人

横山智子和山本武来到小饭店二楼狭小的包间里，隔着桌子相对而坐。二人先是互相介绍了各自的近况。因为叫山本出来的理由是准备召集同学会，所以二人开始交换各自所知道的同班学生及当时任课教师的消息。

山本向智子问东问西："我下次出差的时候，能再见面吧？"大概此刻他还在考虑恢复以前的关系吧。他还问智子："有没有考虑过结婚的事？"

面对山本的询问，智子的回答并非发自真心："还没考虑。"她不知道山本究竟只是对自己的事情感兴趣，还是有意试探自己：是不是还能再次成为他的女人呢？

"怎么说呢，也许这就是独身主义吧。或者，成为职业女性就是我的生活目标吧。还没到谈婚论嫁的时候。"智子回答道。

山本则将话题转移到智子上高中时的事情上：

"你上学的时候，写过一篇题为《我为何会生在这样的乡下》的作文。那是因为我的缘故才总想离开乡下吧。你那时候还为选择专业的事苦恼呢。后来，我跟你说了学校里还有其他一些学生也正为选择哪所大学而苦恼。”

山本继续滔滔不绝地说着。可能时至今日，山本依旧觉得智子还跟当初一样，是个任人摆布的女高中生吧。

等店员上完了菜，智子把话锋一转，开始切入正题：

“今天我安排这次见面，其实是想跟您确认几件事。我想知道我高二那年十月的那次见面，事情为什么会发展到那个地步。这件事一晃就是十年，现在我想确认一下当时的情况。”

山本停下了筷子。

“这就是你不结婚的原因吗？这件事真的让你这么苦恼吗？”

“当然，有合适的机会我还是会结婚的。”

山本为什么会把这件事跟结婚联系在一起呢？这简直是答非所问。智子的内心十分混乱，但她还是继续往下问：

“事情是从广播室的一对一面谈时，你约我去卡拉 OK 开始的吧？”

“一开始你就说‘大家都去的话没有问题’吧？”山本反问道。

“对。没想到你会用那种方法约我，我着实吓了一跳。”

看来山本记得很清楚。但他马上又突然扯开话题：

“大概有三次，我怎么等你都没来，我等了一个小时左右，我还能远远地看见你家，就那么呆呆地望着你家的方向。”

让智子痛苦至今的回忆，对于山本来说却是十分怀念，而且似乎仍然留恋不已。

“后来，我调到了别的高中。当你班主任的时候，他们就让我调动，我本来有机会去县教育委员会工作，但被我拒绝了。我这个人太单纯，要是调到县教育委员会的话，每天从早到晚都不得自由。我之所以当老师，就是因为可以教教学生，搞搞社团活动，能跟大家打成一片。文书方面的工作我可不在行。去乡下的学校我更不愿意。”

“旅馆大概去了四五次吧？”智子开口打断了山本的话。

“嗯，是的。”

对于这件事，山本倒是承认得挺痛快。

“你不会以为我现在还在做那样的事吧……”山本质问道。

智子的眼睛亮了。她正苦于无从着手，山本的反应虽然出乎她意料,却让她找到了突破口。“狐狸尾巴终于露出来了！”山本的反应也让智子更加坚信，他还没有收手。面对山本突如其来的质问，她不知该如何作答。她还想继续对山本进行诘问，可竟然一时语塞。这时，她突然说出经常被山本找去谈话的同班同学的名字：

“惠美怎么样了？”

“惠美？！你跟惠美取得联系了吗？”

山本吃了一惊，眼神中满是试探的神色。

“没有。我只是觉得她跟我的处境应该一样吧。”

“哦……”

得知智子并没有与惠美取得联系后，山本的心好像是放下了，之后便是沉默不语。智子催他回答：

“说一说惠美吧。”

“你认为我脚踏两只船？”

“她经常被你叫去进行升学指导，我觉得肯定跟你发生过关系。”

“你可真能瞎猜。”山本突然话锋一转，“从根本上来说，男人和女人是谁都离不开谁的。其实我还是挺喜欢你的。分班的时候，我就想把你编到我的班里，所以第一个就把你编进去了。这些都是老师们讨论后定下来的，有的老师说这个孩子讨厌，那个孩子没法相处，总之各种意见都有。对于被老师嫌弃的孩子来说，编入该班实在是不幸；讨老师喜欢的孩子，老师在他身上下的功夫也就格外多。”

山本不去说教师与学生之间的关系，而是把话题转移到男人和女人之间的关系上。智子做梦也不会想到，自己的班主任当时的想法居然会是这样。

“有时我就想,你当时究竟是怎样的一种心态呢？我曾经跟一位记者朋友说起过，想知道老师您当时是怎样一种心态。您能跟我谈谈往事,谈谈您当时是怎么想的吗？其实那位记者今天也在场。”智子说道。

“已经来了吗？”山本脸色大变。

“是的。可以请他过来吗？”

“嗯……”

由于被智子的气势压住，山本只得答应。

“说些什么呢？和你之间的关系可以告诉他吗？”

“可以。我已经跟他说了。”

智子拿起手机，拨通了我的电话。

“我们是两情相悦”

“打扰了。”

我打过招呼，就拉开门，进入了和式包间。坐在里面的山本面对这突如其来的情况，显得有些惊慌失措。我在智子身旁靠门的位置坐下，递上了名片。

首先，我要做的就是缓解对方的紧张情绪，让他放松警惕。这就像是在捕捉一只随时准备逃走的野猫一样，要趁其不备才能成功。要想牵着对方的鼻子走，首先得让他开口。

“我一直在对教育相关问题进行取材，这次采访的内容主要是校园内教师的性骚扰行为。”

“哦。”山本摆出一副从容不迫的样子。

我之所以使用“性骚扰”，而避开“猥亵”一词，其目的在于让他放松警惕。

“与当事者进行直接对话的机会非常之少，听取学生讲述的机会倒是很多，所以与老师进行交流的机会就显得格外难得。”

山本认真听着。

“一个偶然的机会，智子跟我讲述了她从前的事。虽说是往事，但是我很想去探究事实真相究竟如何，也想将这些资料公之于众，以警醒更多的人。”

话说到这儿，我望着山本的眼睛，希望他能够爽快地跟我们合作。

“报道的时候，肯定会隐去姓名。”

我不知道这番话能不能让他放下顾虑，但我相信，只要见了面，他迟早都会栽在我手上。我的这番话里没有一句虚言，为了能让山本放下顾虑，我特意强调这是“以前的事”，并且对此次采访的目的也已经进行了相应说明。

“由于事出突然，您可能会感到有些不知所措……”

“是啊，这怎么回事啊？呵呵。”

山本一时之间不知该如何作答才好。人在不知所措的时候，通常都会笑，这真是不可思议。不管怎么样，对方已经开口说话了，所以无论如何也要将谈话继续下去。既然对策已定，那我就要一气呵成。

事先跟智子商量的时候，决定尽量不问那些答案是“是”或“否”的问题，而要多问“为什么”“什么时候”之类的问题，这样对方就会自然而然地将事情的经过讲述出来，再以此为突破口。

“我能问一下，老师您当时是怎样的一种心态呢？大体上说说就行。”

山本大概也意识到自己已经无路可逃，思考了一会儿开始讲述：

“智子勾起了我的思乡之情，我们的老家是同一个县。见到了同县的人，思乡之情就油然而生。另外，干你们这一行的，多少也会带一点个人感情因素吧？虽说老师对学生本应该一视同仁才是。在讨论升学问题的时候，我跟智子说‘大家一起去卡拉 OK 吧’，可结果不知为何，就只有我们两个人去了。”

“‘大家一起去’是我说的吧？”智子纠正道。

山本开始变得口齿不清，继续结结巴巴地说道：

“所……所以说……说的就是这件事。后来我们两个人就开车出去兜风，而且相处得非常愉快。一开始就是这样的，是吧？”

山本似乎是在寻求智子的赞同，一边说，一边望着智子。尤其是句末那个“是吧？”说得特别重，其目的就是要把自己的想法强加于人。他又像是在说，自己说的那些事都是大家已经达成共识的。

对他这种毫无来由的辩解，智子的脸上写满了不满。

“等一下！”智子打断了他的辩解。

“那家旅馆是在别的镇子上吧？”智子强压下自己的愤怒，不动声色地问道。

她想问山本，把自己带到那么远的地方，到底是什么用意。

“的确，我是把车开到了别的镇子上。”

“是不是突然想到我还是个孩子，去卡拉 OK 的话会很不方便？那你当初邀请我的时候怎么没想到？”

智子情绪有些激动，语调就像是在训斥山本一般。

“这个……从某一方面来说，我可能是邀请你了，可智子你也有主动的一面啊。”

智子万万没想到会被山本如此反驳，一时间愣在那里说不出话来。我见此情景，脱口问道：“是吗，那事情到底是怎样的？”

山本继续淡然说道：“即便她本人没有直接约我，至少让人误解的举动是有的。”

这时一直隐忍的智子终于忍不住立刻反驳道：“我可没有！我说过

‘咱们去卡拉 OK 吧’之类的话吗？”

“那……那也就是说……”

山本狡辩时舌头已经不听使唤了。

“咱们坐上车兜风时，不是嘻嘻哈哈地聊得很开心吗？也许是因为还是个孩子的缘故吧。那时你真是既开心又兴奋，所以我觉得，你是在引诱我，我也是没有办法呀。”

简直狗屁不通！作为班主任老师，居然对自己曾经教过的学生说出如此大言不惭的话，如何让人信服？

“真的没想到，你会把我带到旅馆……”

智子觉得跟山本讲不清道理，说了一句，就沉默不语了。这句话好像耗尽了智子全身的力气。面对如此令她意想不到的反击，智子的懦弱开始占上风，脸上呈现出一副“的确是我不好”的表情来。

孩子，乖孩子

虽然竭尽全力才让山本开口说话，但听到的只是他自私又语无伦次的辩解，这让我感到有点束手无策了。山本随时可能起身逃走。我不得不代替智子不断向他抛出问题：

“提出要去旅馆的是老师您吧？”

“我可没说，只不过，自然而然地就……”

“自然而然？自然而然的话，应该不会去旅馆吧？”我不禁笑着问道。

我这一笑与当时紧张的气氛极不协调。

“说是自然而然……或许我当时也是另有企图吧。在那种偏僻的地方，要想唱卡拉 OK 的话，只有旅馆里才有。要是去当地的卡拉 OK 的话，碰见其他学生就麻烦了。”

我继续质问道：“你开车去旅馆的时候，难道只想唱唱卡拉 OK 吗？”

“当时我也不知道自己在想些什么。或许……我们也有互相试探对方想法的成分在里面吧……”

“不是这样的！”见智子有话要说，山本为了不让她插嘴，急忙继续往下说：“我是在试探智子是否会阻止我带她去旅馆。”

门外时而会有其他客人一边说话，一边从走廊经过。坐在包间里，不时能够听到外面传来的“欢迎光临！”之类的噪声。恐怕谁也想象不到，在这个包间里，我们正进行着如此沉重的对话。

“然后，你们两个人进了旅馆的房间，发生了性关系，这没错吧？”

山本的语气好像是在征询我的意见：“你是说性关系？”

涉及问题的关键，山本开始装糊涂。我用试探性的语气问道：“是发生关系了吧？”

“直到最后都没有。”

他虽然承认有猥亵行为，却否认与智子发生性关系的事实。他这样做，或许是为了避免因强奸或强奸致伤的嫌疑而被逮捕。看样子，他为了闯过这一关，似乎是动足了脑筋。

“的确是发生了。”智子正色说道。

但山本仍旧是再三否认。

我害怕这样僵持下去山本会拒绝合作，连忙将话头一转：

“我想请问一下，你是出于什么心理才这样做的呢？”

“这大概是因为我把她当作一个女人来看的缘故吧。在某一方面，她是我的学生，另一方面，她也是一位女性。我之所以这样做，也是为了表达我的爱慕之情。”

我们在进行采访的时候，总是会望着对方的眼睛或是面部，时而还要说几句“明白，明白”，对其表示认同。采访的要领就是要营造这样的氛围，即便再讨厌对方，也要如此。也就是说，越是不被舆论认同，越是为世人所谴责的对手，就越要投其所好，只有这样才能诱导其道出实情。

“你已经有家室了吧？不过作为一个男人，有这样的想法也无可厚非。就是因为这个，你才把智子带到旅馆的？”

我顿了一顿继续问道：“能详细说一下在旅馆里都做了什么吗？”

“就像小学老师那样，抱着学生，一边说着‘好孩子，乖孩子’一边抚摸着学生的头。大概就是这种心态。”

这似乎是有点答非所问。任谁都听得出来，山本开始混淆视听，胡扯起来。我们这次在形式上是对山本进行采访，但是最终目的却是必须让他亲口说出事实的真相。于是我故意重复着山本所说的话，继续问道：

“你们发生过数次关系这是事实吧？这也就是说，你的情感从‘好孩子，乖孩子’逐渐转换成了男女之间的爱情？你的情感转换究竟经历了怎样的一个历程呢？”

“说起情感的转换，其实并非只有我一个人啊。智子也是如此。如果她成熟一点的话，肯定不会上我的车呀。上了我的车，就证明智子也有这方面的心思。她正好也到了作为一个女人与男人相处的年纪，这就是我的想法。”

这时候又成大人了。他想让她是个孩子的时候，就又变成孩子，简直是自相矛盾。我的大脑高速运转，正想着该如何发动下一轮攻击，这时只听智子自言自语说道：

“因为我是第一次，所以根本搞不清楚到底发生了什么事。我一心以为只是唱唱卡拉 OK，刚开始的时候着实吓坏我了，我还反抗了呢。”

…………

见山本并不回答，于是我继续问道：“您身为一名教师，听说对方是第一次的时候，不会有些害怕吗？”

“这个嘛……我刚知道……其实一直到最后我都什么也没做。最开始并没有人强迫她，加上是第一次，所以我想她大概只是由着男人摆布，顺其自然罢了。”

山本一直在为自己辩解，但即便如此，我觉得他已经开始多少有所悔悟了。可就在此时，山本的话又让我改变了自己的想法。

“可我们两个人在一起时非常开心，直到最后一次见面，她还是那么活泼开朗。”

山本反复强调着“两个人在一起很开心”。

智子坐在那里，一语不发。

升学为重

为了缓和一下气氛，我给山本倒了一杯啤酒。山本两手端着杯子，咕嘟咕嘟一饮而尽。房间里洋溢着啤酒花的气味。我不能给山本太多的思考空间，还要让他自己主动交代，这需要下一点功夫。

“对于这样的事情，老师您在心理上没有任何抵触吗？”我试着以和缓的态度问道。

“其实我也只是顺其自然而已。要是女方持拒绝的态度的话，我自然会收手。我觉得智子要是也喜欢我的话，那么她就不会拒绝。但是，作为一名合格的教师，这种事再怎么也要等到她毕业吧。从这一点来说，我的信念的确不够坚定。”

从他的言语当中，时而能听出反省的语气。我努力让自己保持冷静，不断向他提问：

“喜欢上她以后，并在即将要越过那条红线时，你是否曾经犹豫过？”

这属于引导性的问题。这个问题的前提就是已经“越过那条红线”。

“我觉得智子好像不太愿意，我记得自己没有越过那条红线。当我触碰她的胸部的时候，见智子并不愿意，就没有了下文。”

山本并没有上钩。我觉得有必要对其实施持续性问话，因此依旧对其使用软硬兼施的手段：

“据智子所言，她对当年发生的事情的具体细节都记得十分清楚啊。”

“我可没什么印象。”

这样下去的话可不妙。就在此时，智子开口说道：

“当时我受了很大的打击。出血了。”

山本却还是反复说着“记不得了”。只是短短的一瞬,从一开始的矢口否认变成了“记不得”，他的措辞发生了很大变化。

我再次发问，这次提问是为了诱导山本能够主动坦白：

“我想问的是你的心态。比如说工作比较劳累,或者说当时有什么压力之类的。”

“至于说压力什么的,当初或许是有,但其实主要是出于对智子的喜爱。”山本说完又转向智子，问道，“最后你没来，那是你自己的主意吗？”

看来他很想知道智子到底为什么没有去。

“升入高三之前,在谈及详细的升学计划时,你不是说过要在我的保送文件上加分吗，还让我报考你即将调往的高中附近的那所大学。我觉得一直这么拖下去对自己很不利，所以就选择了逃避。”

“那就是拒绝了我的建议喽。”对此，山本好像觉得非常遗憾。

“其实我翻开保送文件表看过，我的分数特别高，满分 10 分，多数项目都是 10 分或是 9 分。”智子说道。

“保送文件吗……”山本的语气突然变成老师教导学生的语气,“大家我都给了高分，并不只有你自己。”

那语气就好像是在说，这是常识，你不用大惊小怪。不知为何，眼前这个男人突然进入了教师的角色。但是，此刻我们已经没有时间去验证他关于保送文件的说辞是真是伪，我们已经来了一个多小时，这家店的午间营业时间还剩下一个小时，而我们的时间也只有这么多了。

山本或许是有意想岔开话题，竟然详细讲解起保送文件的填写方法。我打断了他的讲解，继续问道："第一次去旅馆的时候，你没有考虑过后果吗？"

山本还是继续辩解："我也预感到后果会很严重。对智子来说，其实这个过程分几个阶段，第一阶段就是直接爽约不来，第二阶段则是不肯上车，再则就是不肯跟我去旅馆。但智子一次也没有拒绝，我也只是按照她的指示开我的车而已。智子要是再成熟一点，或许就能厘清其中的关系了。"

他说这段话的目的，无非是要说明错在不懂拒绝的一方。这时沉默已久的智子突然开口说道："当时会发生什么，都是无法想象的，我甚至根本不知道该怎么做才好！"

这是她发自心底的呐喊。

女人的“不要，不要”未必是发自真心

我试着站在第三者的立场，对以上会话内容进行整理，得出了以下结论：

“你们两个人对于这件事的分歧好像很大。智子当时还是个孩子，所以别人说什么，也不懂得拒绝，只知道依言行事。而老师则认为，发展到某一个阶段时智子如果不拒绝，就一定是愿意，所以就分阶段地进行试探，在确认了确实没有障碍以后，才将两个人之间的关系不断深入。”

“相反，我认为如果我不这样做的话，反倒有可能会使智子意志消沉吧。我觉得智子此前应该有过这方面的经验，如果我要是知道她没有经验的话，肯定会以另外一种方式待她的。”山本继续辩解道。

“据说你经常问她‘你不是第一次吧？’”

由于我的问题当中夹带着一些似是而非的暗示，山本不辨其中真伪，因此他岔开了话题：

“这个问题我不只是问过智子，其他学生我也都问过。有数据表明，高中生当中超过半数都有过性经验。这只是日常会话的内容之一而已，没必要上纲上线。”

这时智子说了实话:“刚开始你问我是不是第一次时，虽然我的确是第一次，但我却装作满不在乎，说不是第一次。”

山本面无表情地说道:“原来你装作满不在乎，我现在才知道。跟我在一起的时候，智子你总是那么开朗。为了不让你讨厌我，我可是适可而止了的，这一点我是记得的。”

智子不禁反驳他说道:“看到床单上的血迹时，我知道自己已经不再是一个处女了。”

我插言道:“对比一下你们两个人所说的话，我觉得智子说得更加具体化，可信度比较高。”

可山本依旧继续搪塞：“我们两个人的记忆都已经模糊了。”

“教师应该是值得信赖的，可你却辜负了学生对你的信赖，对此你是否感到过内疚呢？”我继续问道。

“那时我已经不再是一名教师，而她在我眼中只是一个女人，我也已经忘了她是我的学生。”

山本总是不离“男和女”的话题。

猛然间，智子开始反击:“有一次，你还从包里拿出期末考试的试卷，打算给我看呢。”

这次智子直击山本的不正当行为，而且还举出了具体事例。

见山本并不回答，于是我又继续问道:“你这样做是想要留住她的心吗？”

“为了能跟智子保持交往，我想为她做点什么。我是那么无助，只能被智子牵着鼻子走。”

看来他们二人对事情的认识存在巨大的差异。我接下来的问题既像是总结，又像是在提醒他：

“看来老师和学生在认识上存在很大的分歧。作为学生，担心对自己的升学产生不利影响，或是担心事情泄露出去对自己不利，故而无法拒绝。其实在其他的案例中也有类似的情况。你能理解这种心情吗？据智子所说，她就是因为害怕拒绝以后，会对自己的升学产生不利影响，所以才会对你言听计从。”

山本的脸上出现一种很意外的表情，答道：

“我现在才知道她的真实想法。本以为她应该更成熟一些才是。如果她拒绝的话，我肯定会就此罢手的。可智子非但没有拒绝，而且心情还不错，我还以为她对我也有意思呢。”

这时智子已经忍无可忍：“你过来亲我的时候，我想把你推开。”

“那就是所谓反抗吗？我以为所有女人都会嘴上说着‘不要，不要’，但心里却十分喜欢呢。我还以为智子的反抗也不过是故作姿态而已呢。我总觉得是她在勾引我。”

山本继续闪烁其词，自说自话，始终没有一句道歉。

两个人的对话，始终是两条无法相交的平行线。

身为教师有此行为非常不妥

为了让山本自行坦白事实真相，哪怕只有一点点，我决定改变最初的作战策略。

“衣服是你动手脱的吧？”

“应该是吧。不过她要是坚决拒绝的话，那个时候完全可以拒绝。要想反抗的话，她也应该有足够的力气。所以在我看来，智子已经接受我了。”

看来智子说的“我想把你推开”这句话，山本完全没有听见。智子呆坐在那里，半晌说不出话来。

“你是说第一次时，你脱了她的衣服，又抚摸了她的胸部和下半身，后来觉得不妥，又停手了吧？”

“是啊，整个过程就是这样的。”

“第二次你们又见面了吧？”

“这个我记得不是很清楚。”

这时智子接着说道：“第二次去的旅馆和第一次不是同一家。第一次去的那家是别墅样式的独栋建筑，第二次则不是。”

山本继续辩解道：“第二次我们也是互相试探各自的想法。”

我试图让山本进一步供述出更多的实情:“在你的记忆当中，事情发展到最后一步的时候,智子拒绝了你。那第二次你有什么感想呢？”

“当进行到某一环节时，智子就开始反抗了。”

“那么她是怎么反抗的呢？”

“我是通过她的表情和当时的气氛进行判断的。不过智子若真是‘第一次’的话，应该完全不知所措才对吧？”

简直是厚颜无耻！即便是第一次,也应该知道将要发生什么事吧。我看了看智子的脸,问道:“你不会不知道接下来即将发生什么事吧？”

智子答道：“我记得清清楚楚。”

终于，对山本进行最后审判的时刻就要到来了。

“听了智子的感受以后，你作何想法呢？”

“身为一名教师,这真是非常不妥。我现在才知道智子的感受。我一直以来都把她当作一名成熟的女性来看待。”

此时此刻，山本终于承认了自己的问题。

我觉得自己有必要替智子将她不便说出的话，和迄今为止所遭受的痛苦通通讲出来。

“我听智子说,她得过厌食症,也曾经极度不信任任何男性。当你听到她过去的日子一直都过得很痛苦的时候，你作何感想呢？”

山本沉默良久，突然低下了头：“我觉得很对不住她……”

我接着问：“那么，是以男人的身份，还是以教师的身份呢？”

“迄今为止,我一直以为智子是把我当成一个男人来看待的。直到一个小时以前我才发现，原来她的内心一直是很痛苦的。”

我很想知道是什么让山本甘冒风险做出这样的事,于是继续问道:“你有妻子和孩子,还对女学生下手,当时的心态是怎样的呢？是不是因为迷恋上了智子而无法自拔呢？”

“比起其他同龄的孩子，智子看起来成熟很多。我只是喜欢上了一名女性而已。”山本答道。

“你这么做有风险吧。事情要是败露了，你在学校就无法立足了呀。”

山本继续辩解道：“要是我考虑和现在的妻子离婚呢？这样应该没问题了吧？”

又突然说起离婚的事，真是让人头疼。不过这也许是摸清山本本人背景的突破点。

“那么之所以这样，究竟是因为你意志不够坚定，还是内心空虚呢？我听说你对智子说过‘喜欢你’‘我寂寞’之类的话。”

山本的辩解让人觉得有点不可思议：“我是想从智子身上找到故乡的母亲的身影。”

我被惊得目瞪口呆，继续问道：“向与自己女儿同龄的学生下手，请问作何感想呢？”

“冷静下来以后才觉得十分不妥。不过我对智子的感情已经超越了这一切。在我看来，她那时已经是一个二十二三岁的成熟女性了。”

“即使事情败露，也在所不惜吗？”

“因为智子在我的心目当中，已经超过了一切。”

职业道德

我试图用具有普遍性的事例诱导山本说出实情：

“如果要回避这种情况，作为一名教师，要做到不越雷池一步才行。至少要等到智子毕业以后,才能对她下手吧？你在整个事件当中，似乎丝毫没有表现出职业道德方面的迷茫与困惑。你觉得该怎样做，才能在全国范围内有效遏制此类事件的发生呢？如果一经查实，就对涉事教师进行停职处分、从重处理的话，你觉得这样会行之有效吗？”

“这可不行！我一直都把智子当作成年人看待,这其实就是一次普通的邂逅。”

完全是答非所问。

“当时智子才十六岁。在你看来她像是个大人,可实际上她在心理上仍然是个孩子。的确，现在的孩子表面上看起来确实像大人，可高中生阶段他们的心智仍然不成熟。作为一名教师，你应该知道这一点吧。”

“你完全误会了。智子刚才不也说了,她要向别人展示自己刚强的一面。”

“你是老师，所以不要总是误导别人。”我的语气就像是在训斥山本一样。

山本却又开始了他自说自话的辩解："你说得对。就像你说的……那样，太过刚强的话……我在现在任教的高中尽量不跟学生说话，跟他们说话都不知该从何说起，当然，除了跟上课有关的内容以外。智子当年所在高中的学生个个规规矩矩，而且说什么他们也都能老老实实照办。只有成年人才会这样吧。还有啊，现在这所高中的学生们，就算我一言不发，他们也总往我跟前凑，赶都赶不走，就跟小学生似的。搞得我总要训斥他们'你们这帮家伙，你们可不是小学生了'。说他们是高中生，倒也的确是高中生，只是……所以我尽量不跟他们打交道。"

简直是不知所云。

他继续说道："每天和他们在一起的时间有八个小时，要是不和他们保持一定距离，教育活动就无法进行。"

他口中的"教育活动"是什么？恐怕对他来说只不过是随便找些话头进行辩解罢了。于他而言，智子并不是学生，而是"女人"。让智子如此痛苦的男人，究竟在想些什么？这一系列的不知所云，又代表着什么？

我在气愤之余，也对他更加怀疑了：他现在是否还在做那样的事？因此，我试着对他发动了攻势：

"在你教过的学生当中，有魅力的学生应该不少吧？"

"这得看是哪所学校，现在这所学校的话嘛……"

丁零零……就在这时，包间内的固定电话响了起来。

"我们的营业时间即将结束。"店里的人催促道。

"好的，我知道了。"山本连忙挂了电话。

我连忙向山本接连抛出了几个问题：

“你现在任教的学校是……”

“和智子所在的高中截然不同，里面的学生都跟小学生似的。”

“在你教过的学生当中，智子是属于你喜欢的那个类型吗？”

“是的。”

“其他学生都怎么样？”

“还有几个我也挺喜欢，但虽说如此……智子这种情况，除了她对我来说比较有吸引力外，我也感觉到她在引诱我。”

“这才让你有了可乘之机吗？”

“反过来说同样也成立，也可以说我被人家钻了空子。”

“是因为智子绝对不会泄露秘密，所以你才选中了她吗？”

“不是这样的。是因为我喜欢她，觉得她漂亮。我对别的学生没有这种感觉。”

“智子的同班同学都怎么样啊？”

“智子和惠美都还成……不对……我觉得还有好几个学生也都不差，但智子的魅力简直无与伦比，跟她差不多的学生也有那么几个……”

简直是语无伦次。总之给我的感觉，他应该曾试着向好几个学生下手。

我仍然接二连三地向他提问，试图从中找到突破口，诱使他吐露出关键性的语句：

“那就是说，你还对其他学生感兴趣了？”

“虽说有这种心思……”

“比如说约某某人去某某地方，有被拒绝的时候吗？”

面对我设下的陷阱，山本中计了。

“有时候被拒绝，有时候就当是开了个玩笑。”

果然不出我们所料，他还约过其他人。我跟智子交换了一下眼色，继续问道：“跟你一起去卡拉OK或是开车兜风的，还有什么其他人吗？”

至此，山本似乎也感觉有些不妙。

“没有了。智子不也拒绝了吗？”

智子小声反驳道：“我根本就不知道到哪一步应该拒绝……”

山本带着责备的口吻说道：“到了特定的阶段也不懂拒绝，特定的场合还是说不出口，所以到最后才会不可收拾。”

“多谢惠顾！”谢客的女店员骤然提高了声音。可我们还需要些时间。

我转向沉默不语的智子问道：“智子你有什么想法？当时你是把山本老师当作一个男人来看待的吗？”

“老师始终是老师，无所谓喜欢还是讨厌。他把我当成一个女人看待，这是我无论如何也想不到的。”

这时山本垂着头说道：“是我利用了智子……”

“你做了不该做的事，事到如今，你知道后悔了吗？”

面对我的质问，山本默默地点了点头。他眼中露出了悲伤的神色。

“至少你应该意识到，你做了身为教师不应该做的事，对吗？”

面对我的第二次质问，山本再次点了点头。但是这种带有确认性质的提问，不知道他到底理解了多少。

他说道：“学校里的老师和学生接触的机会越多，孕育出这种畸形爱情的危险性也就越高。”

不知为何山本又说到了这种具有普遍性的问题上。

我转向智子问道:“智子，你想让老师为当初的事向你道歉吗？如果没有这件事的话，你的高中生活或许会一帆风顺吧。”

智子望着山本说道：“的确，那以后我的精神状态变得非常不稳定，我感到非常痛苦。只是比起他的道歉来，我倒是更加想知道事实的真相。然后就是……让他承认自己身为人师，却做出了为人所不齿的举动。”

这时有一名上了年纪的女性店员在门外说了一声“营业时间已经结束了”就离开了。从她的声音中已经可以听出有少许的不耐烦。我一边对着外面喊“这就完了！”，一边催促山本回答。只差一点了，只差那么一点点！绝不能就此打住！

“你刚才已经听见智子说的了。你觉得自己作为老师有此行为‘十分不妥’，请问这是真心话吗？”

山本吃力地说道:“嗯……最终的结论应该就是，教师也只不过是个普通人而已。”

直到最后，山本的回答跟智子所期盼的始终没能契合。听到他只说了些似乎事不关己的感想，我不禁有些愤怒，于是问他：“‘教师也只不过是个普通人而已’这话不对吧？如果把这句话说给全国的孩子和他们的父母听的话，他们一定会这样说——‘这可不行，可不能随便一个普通人就让他从事教育工作。难道我们一定要跟有如此想法的教师打交道吗？’你觉得怎么样？会是这种结果吗？”

终于，山本的声音变得有些狂躁：“不！”

在我的凌厉攻势下，山本露出了怯色。已经没有必要再跟他客气了，也没有必要再跟他兜圈子，只需直言不讳，让他直面正题。

“最后一句‘教师也只不过是个普通人而已’可不行，就像在说别人的事一样，以此为整个事件的总结并不妥当。你要充分认识到自己的不当行为，对自己犯下的错误要充分反省才行。”

至此，山本终于正式低头认错：“当然，就像你说的，我犯下了无可挽回的错误。我并不知道智子会如此放不下这件事，也不知道她患上了厌食症。非常抱歉。”

“现在你知道错了吗？”

“是的。”

山本终于承认了事实真相，而且已有悔意，当日的交锋就此落下帷幕。

我们三人站起身来的时候，包间里有好多菜都一筷未动。

我对山本说道：“我突然加入，让您受惊了，十分抱歉。”

“是啊，让人非常吃惊。”

除了吃惊，他似乎再也想不到其他词汇形容自己的心情了。的确，这确实让人大吃一惊。但更加令他惊心动魄的事情还在后面。也不知此时山本能否预测到自己的命运。

“加油吧。”

山本对智子说完最后一句话，已经有些步伐不稳，摇摇晃晃地走出了店门。

教育委员会

与加害者教师山本武进行交锋的数日后，智子的精神状态仍然不是很好，她正在为是否向教育委员会提出申诉而苦恼。

“我跟高中时代的朋友说了要向教育委员会提请申诉以后，朋友反而说我也是加害者。”

智子不明所以，问朋友是怎么一回事。她几乎是带着哭腔对我复述朋友的话：

“你要是有这个心思的话，当初就不应该上这个当。你没有回绝人家，也有不对的地方。人家也有家庭，现在这么做也是于事无补。”

另外，她还有“担心对方报复”“流言的可怕”“不想把事闹大”等方面的顾虑。

“事情并不像你朋友所说的那样。错在对方。这并不仅仅是简单的婚外恋。”我这样反复地劝她。

最后，她才终于意识到“作为一名受害者，我有权坚持自己的主张”。

智子认识到这一点以后，精神顿时好了许多。

现在她最担心的就是会被教育委员会指责“你自己也有责任”。

SSHP 的龟井明子跟教育委员会打交道的机会很多，据她所言："受害人向教育委员会提请申诉时,教育委员会反而指责受害人的例子屡见不鲜。"

处理公立学校中发生的问题时，是无论如何都要过教育委员会这一关的。接下来我会对教育委员会制度加以简要说明：

教育委员会成立于"二战"后，目的在于为民主主义教育奠定基础。由于太平洋战争中的军国主义教育对日本国民的影响巨大，日本政府采纳了驻日盟军总司令（GHQ）的建议，在各都道府县及市、镇、村设置了教育委员会。教育委员会是一个独立的行政机构，不受地方行政长官掣肘。

就这样，教育从政治当中剥离了出来。为了保证教育的中立性，地方行政长官没有教育行政的决策权。教育委员会原则上由五人的合议会组成，他们掌握着教育行政的最高权限。"二战"过后，有一个时期教育委员是通过选举产生的。但随着 1965 年《地方教育行政法》的实施，教育委员就开始由地方行政长官直接任命。教育委员皆为兼职人员，原则上要从民间选出。教育委员会一个月左右举行一次例会，将作出的决策下达给公立学校。

读到这里，或许有人不禁会问:"教育委员会不是有很多人吗？而下达指令的不也都是诸如部长、课长之类的干部吗？"本来教育委员会应该是以教育委员为主体的，但其实在此基础之上，还要有很多事务人员协助教育委员来执行委员会日常事务，他们就是教育行政的实际执行者。因此，人们才会有这样的印象，认为教育委员会的主体就是这些事务人员。

教育委员会只是在形式上对由事务人员事先拟定的议题进行审

议，日复一日。如此一来，教育委员会就完全成了摆设。教育委员会的职员有些是地方政府的事务人员，还有一些是教育第一线的教师，甚至有很多教师常年在这里从事事务性工作。那个高中教师山本曾经说过“拒绝了县教育委员会的调令”，我想大家应该还有印象。

为了保证政治上的中立，日本教育行政原则上采取的是一种让外行指挥内行的制度。这样作为外行人的教育委员，站在内行人布置好的舞台上装模作样就一点也不奇怪了。其实教育委员会只剩下一副空架子而已，这个问题经常为人们所诟病。本来，人们期望教育委员会能够成为一个“听取市民的意见，为民众服务的机构”，可实际上教育委员会的干部们只会按照自己的意志行事，民众对此可谓是疑虑重重。

大津市发生的霸凌自杀事件，引发了以地方行政长官为主的社会各界人士对“教育委员会机能不健全”的强烈批判。安倍政权以此为契机，于 2014 年 6 月对《地方教育行政法》进行了修订，并以此作为主打政策进行广泛宣传。此举使得教育委员会制度发生了巨大的变化。此政策的主要目的是加强地方行政长官对教育的干涉力度。但此修正案也受到了社会各界的强烈批判，因为该修正案使得地方行政长官可以在很大程度上左右教育行政。

在此之前，教育委员长是由五名教育委员互选产生，教育委员长有别于教育行政的最高领导“教育长”。这说起来有些复杂。法律规定，教育长须由教育委员会从教育委员当中遴选任命。这也就是说，本应是一路过关斩将被提拔上来的政府职员，竟然是从外行人组成的教育委员当中选拔任命的，其人选大家也早已经心照不宣。作为外行人代表的教育委员长拥有最终决策权，但实际上他的决策又被作为专业人士的教育长所左右。教育长虽然搞行政是内行，但却又未必一直从事教育工作。如此一来，地方行政长官就可以间接干涉教育行政。

随着《地方教育行政法（修正案）》的实施，教育行政也将原来的教育委员长与教育长统合为同一个职位，即新的“教育长”。这个新教育长既是教育行政的长官，又是教育委员会的领导。这个身为专业人士的教育长的权限较之以往有所扩张，成为了“超级教育长”。

另外，日本全国各自治体还设置了由地方行政长官主持的“综合教育会议”，其决议内容须与教育委员会进行协商。综合教育会议是决定教育行政的纲领性文件“大纲”的会议，其决策权由地方行政长官掌握。由此，地方行政长官对教育的干预进一步得到了强化。但文部科学省又规定：“教育委员会未能审议通过的事项亦可写入大纲。”教育委员会好不容易才成为拥有最高权限的教育行政执行机关，但地方行政又参与其间，情况之混乱，不免令人担忧。“修正案”于 2015 年 4 月开始实施。

下面让我们言归正传。在与加害者教师山本的交锋当中，智子得到了山本本人供述的证词，决定向县教育委员会提起诉讼。那么，究竟该如何展开行动呢？我们一次又一次地反复商量，最后决定先通过电话试探教育委员会的口风，再将经过整理的文件邮寄过去，最后再亲自前往。向我们提出“最好是递交书面文件”建议的是亀井明子。她认为只有书面文件才能够让政府部门有所行动。

只是县教育委员会能站在我们这一边吗？这个疑问令我们感到十分不安。为此，我们在打电话和邮寄文件的时候，都隐去了学校名和加害者姓名。如果先行调查开始之前我们不做好充分的准备的话，在与山本对质时，肯定会落得个“由于当事人否认，事实关系不清”的结果，到时候真是竹篮子打水一场空了。曾就有过这样的事例，一开始加害者承认自己的罪行，但当教育委员会介入调查时，就来个拒不认账。俗话说，小心驶得万年船。

与山本见面的一个月之前，我就跟县教育委员会的课长通过电话。我的手段有些不够光明正大。我曾经假装以咨询一般性问题为借口对其进行试探。每年 12 月份，文部科学省都会发布包括猥亵行为在内的教师处分结果报告。我是以调查采访该报告情况为借口打的电话："如果毕业后数年，猥亵受害人才提请诉讼，你们会如何处理呢？"我得到的答复也是中规中矩："如果事实关系清楚的话，该教师必然会受到处分。"当然，对方也曾问过："本县有那样的教师吗？"我只是含糊其词，没说有，也没说没有，就挂断了电话。当时并未与山本进行交锋，智子也还没有明确表示要告发他。

但由于这次我们取得了加害者本人的证言，智子提起诉讼的决心也更加坚定了。现在是时候向县教育委员会陈述事实真相了。估计文件已经送达的时候，我们在共同通信社的会议室中拨通了县教育委员会的电话。

丁零零……气氛显得极其紧张。空旷的会议室中，智子坐在沙发上，表情僵硬。傍晚，透过高层建筑的玻璃窗，可以清楚地望见东京塔霓虹闪烁。我们计划先由我来对事件进行简要说明。我想等课长接听电话，可课长不在。主要负责人不在，没有办法，我只能跟对方说我是新闻记者，并向其简要说明了事情的来龙去脉，最后说了一句"明天再打电话"，就结束了通话。据说春季人事调动频繁之际，负责人事工作的人都躲在房间里商议相关事宜，要想与其取得联络十分不容易。

第一次就这样扑了个空。第二天，我们两个人继续在会议室里准备与县教育委员会取得联系。我拨通了电话，这次正好是课长接的。

我开门见山道:“我是共同通信社社会部的记者池谷，人事调动业务繁忙之际多有打扰,还请见谅。”他的部员似乎已经向他转述了我的来意。“身为受害人的女士现在就在这里，为了减轻您的负担，先由我来介绍一下事件的概况。”我继续说道，“受害人八年前高中毕业。她上高中时，班主任约她去唱卡拉 OK，却中途将她带到了旅馆，对她实施了侵害。随后她的班主任又强迫她与自己维持这种不正当的关系，为此，她由于压力过大而患上了厌食症，而且在很长时间内对谁都不敢说起这件事。我是在收集有关校园性骚扰的资料时听她提起此事的，而且已经在几天前进行了包括加害者教师在内的三方对话。”

课长对这种事应该会非常紧张，对我所说的内容逐一详细询问：“已经和那位教师见过面了吗？”“他是哪所高中的老师，叫什么名字？”我告诉他:“现在还不是时候，想见面的时候再说。我们现在在东京，过后会登门拜访。受害者希望我能一同前往，同时也希望您能同意此事。”

拿出控诉的勇气

我继续说道:“事件真相到底是怎样的，您听完受害人的讲述以后就会明白的。加害者与受害人对话的时候，作为第三者的我也在场，两个人对事实的认识也基本一致，站在第三者的立场，我觉得他们所言基本属实。”说完，我就把电话交给了智子。

智子说话的时候明显非常紧张:“您好……事情的大体情况就像池谷先生所说的那样。事情发生在我上高中的时候，并且我已经和加害者谈过了。”

课长应该是在一边交谈一边做笔记，因为智子在不断回答他关于事件的细节：

“高中二年级结束，即将升入三年级的时候。”

“对，我和池谷，还有那个人，我们三个。”

“一月末见的面。”

…………

我一直在旁边听着。由于紧张，智子的声音已经有些沙哑，我递给她一杯咖啡。安静的房间里响起了咖啡器皿的碰撞声。

“加害者也对事件记得清清楚楚,我的记忆跟他的记忆相吻合。具体经过我会加以整理，届时会带着书面文件一并交给您。”

智子又讲述了自己患上厌食症的事，也说了自己心理上遭受的痛苦。同时，智子还说希望教育委员会不要一味将责任归咎到受害人身上，而要严惩卑鄙的加害者。

身为男性的课长安慰智子道：“我的女儿也正为厌食症而痛苦，你的心情我完全能够理解。”

“身体上的痛苦反倒会让我心里好过一点。”智子回顾当时的心境时说道。

等智子说完，我再次接过电话：“对于以往的教师性骚扰案件，只要受害学生毕业不超过十年，学校负责人就要被追究监管责任。以前有过这样的案例。之前我采访您时，您也说过，绝不能因为是过去的事就不了了之。另外，这名教师现在极有可能还在加害别的学生。”

“所以才让你早点说出那名教师的名字。”课长说道。

“还是不要了，我觉得还是当面跟您说比较妥当。”我拒绝道。

约定了时间，我就和智子坐上开往北方的新干线列车，奔赴县教育委员会所在地。

我们被带到了一处看似颇有些年头、顶棚很高的讲堂。此时正是与山本进行交锋的一个月之后。

“这个地方不会有任何人来打搅的。”

智子听了工作人员的话，似乎是松了一口气。当被问及加害者姓名时，我说道：“说完整个事件的全部经过以后，再告诉你们他的名字。”我之所以这样说，是顾及对方是两位男性，我想让他们听完事情的全部过程，这样一来，智子也好将憋在心中多年的秘密和盘托出。

“鄙人名叫……”

由于紧张，智子的措辞有些生硬。

“高二的时候，我被人猥亵了。事件的细节我已经整理成书面文件。”

智子一口气将事件的完整过程讲述出来。她讲述了自己在接受升学指导时被当事老师邀请去唱卡拉 OK，虽然内心矛盾，但仍应邀去了的经过。接着，她又讲述了令人意想不到的侵害过程。事件过后她仍然深受其苦。

“因为是第一次遇到这种事,所以根本不知道该如何应对才好……我如果拒绝的话，也不知道接下来迎接我的将会是什么，所以就只好按他说的做了。”

工作人员默默地做着记录。

“后来，他还试图给我看考试试卷，还说大学保送时他会帮忙，条件就是毕业后跟他继续交往，保持情人关系。”

由于工作人员的态度十分诚恳，原本抱有戒心的智子也敞开了心扉：

“这位教师本人还承认自己如今仍然在物色新的受害者。”

“什么？！”

听了智子的话，两位工作人员不禁往前探了探身子。

终于受到免职处分

“他承认现在仍然在物色其他目标吗？”教育委员会的男性工作人员提高了声调问道。

“是的。”智子答道。

已经调到另外一所高中的山本，在与智子交锋的过程中，的确承认了他还在物色其他目标。

吱吱吱……椅子吱呀作响，在这栋古香古色的高大建筑中回荡着。听智子讲述完与山本对决的过程后，两名工作人员不禁摇头叹息。

“你说你苦恼之余患上了厌食症，我的女儿也得了厌食症，现在体重只有 30 公斤左右……我明白你的痛苦。”

智子被他的话所打动，终于吐露了自己的真实想法：

“说实话，我跟加害者见面是拿出了非常大的勇气的。我早已经下定决心，作为一个成年人，我必须要为与我当初处境相同的孩子做些什么。”

智子一字一顿地继续说道：“虽然时间已经过去很久了，但还请诸位做出公正的处理。”

针对智子的这个要求，工作人员答道："既然事已至此，加害者本人好像也已经承认了，如果上述事实清楚的话，你自然不用担心。"

看来双方终于就悬而未决的事项达成了共识。至此，谈话也进入了最后阶段。

"迄今为止，你都没敢和你的父母商量吧？"

"是的。"智子小声回答道。

智子现在都没让他们知道，她不想让他们担心，更加不想给他们添麻烦。她不敢告诉他们自己的遭遇。受害者遭到性骚扰却不敢声张，这本身就是一个十分严重的问题。

最后，智子遵守之前的约定，说出了山本的名字。谈话结束后，智子有些恍惚，不知在想些什么。这时工作人员开口说道："本不应该发生这样的事情，但由于教职员工人数众多，完全杜绝此类事件又有些困难。即便是今后，我们也无法保证此类事件不再发生。"

智子对这句话不以为然，说道："所以请你们能够以类似事件必然会发生为前提，采取必要的应对措施。"

工作人员大概感觉到了智子言语中的不满，连忙接着说道："虽然体罚之类的问题我们也很重视，但性骚扰却是绝对不可原谅的。此次事件的性质非常恶劣。"

工作人员的话说得斩钉截铁。智子现在所考虑的，不单单是山本一个人，而是如何实现让日本范围内的"问题教师"都受到有效的约束。

我们要求教育委员会在一周内做出答复。

“不会这么快就有结果吧。”工作人员虽然心存疑惑，但还是立刻就去了山本所在的学校，找到了山本。

在教育委员会的讯问下，山本很快就承认了。他们又对那所高中的学生进行了调查，果然有几名女学生被山本盯上了。

教育委员会通知智子“山本作免职处理”,并鼓励智子“虽然过去是痛苦的，但还是要打起精神继续前行”。

“总算可以松一口气了，山本也终于得到了应有的惩罚。”智子回顾过往感叹道。

小孩子总有些话难以说出口

“小孩子即便受到不公的待遇，也往往无法说出口。”

横山智子上高中时受到班主任山本武的侵害，三十多岁时她才提起诉讼，使得山本武被免职。她在回顾过往时，说出了上面的话。

“我在调查教师猥亵事件的过程中，问过很多人，我身边也有几个人有过相似经历。但是，这些受害人都选择了沉默，任事实真相淹没在时间的长河里。也正是因为如此，此类事件才会层出不穷。我觉得是时候该做些什么了。”

“当我得知除了我以外，山本还把魔爪伸向了其他人，我才知道，原来受害人不单单只有我自己，我并没有做错什么。我不由得长出了一口气。”

这些都是她的心里话。

智子在阐述自己将这件事公之于众的理由时说道：“与加害者进行交锋，包括后来向教育委员会提请申诉时，我都没能清楚地说明事情的来龙去脉。”

这是因为她进行检举之后，心情还比较混乱的缘故。

但随着时间流逝，“这件事已经在我的心中逐渐风化”。

智子通过揭发山本、接受采访，重新审视自己的人生，找回了曾经迷失的自我，逐渐开始从以往痛苦的经历当中重新振作起来。

“人是有自尊心的，当我失去了自尊以后，就连向别人求救都觉得困难，这真的很奇怪。”

对此，龟井给出了如下解释：

“很多受害者往往在上学期间无法对加害者进行控诉，直到毕业后数年，她们才意识到事情不能就这样不了了之。也有人直至数十年后提起诉讼。在此期间，作为加害者的教师却依然在其教职岗位上。此类诉讼在法律上是有时效性的。”

在民事诉讼中，能够追究当事学校责任的年限为十年。在2002年金泽地方法院的判例当中，时效的起算点并非是事发当时，而是从受害者毕业的那一刻算起，其理由是“学生无法在高中在学期间提起诉讼”。

2004年以前，强奸致伤罪的时效是十年，现在已经改为十五年。像智子这种情况，虽说可以进行刑事诉讼，但其间要无数次和警察与法院打交道，她不喜欢这样，于是只好作罢。

龟井继续解释道：“此次的案例，加害者承认性侵事实，这是决定成败的关键，若非如此，教育委员会根本就不会处罚他。”

如果加害者不认罪的话，那么教育委员会根本就不会通知加害者所在学校，而加害者本人则会在不同学校之间不断调动，这样一来，也使得其他学校的学生深受其害。这样的例子屡见不鲜。

2010年3月,一名连续对自己的十位学生实施了强奸和强制猥亵的小学教师，被广岛高级法院判处三十年有期徒刑。一审时，检方指出，包括该次提起公诉的案件在内，该教师在过去十九年的时间里，曾先后对二十七名女童施暴。对于他和女童独处一室的行为，校方也曾给予警告，但也仅仅是口头警告而已。在另外一所小学，他的同事曾经目击他和女童一起从女洗手间出来。对此，该校校长只是希望把他“调到其他学校”。其实防止事件发生的机会并非只有一次,但人们却总是报以放任的态度。

智子在遭受侵害后只觉得生无可恋。在走出长期折磨她的痛苦事件后，她终于有了新的邂逅，她结婚了。

“有个能够理解我的人在身边真好。自从结婚以后，我自信了很多，对于自己讨厌的事也敢于直接表明自己的态度了。我终于摆脱了困境。”智子笑着说道。

无声的角落

第二章

特别权力关系

或许，教育对我来说，就是把学生刻画成我心目中理想的样子。

“我把她当成我的避风港”

横山智子上高中时曾经有过被老师性侵害的经历。随着对横山智子的采访的深入，我越发感觉到，在探讨教师猥亵的问题时对受害人进行跟踪采访的必要性。有时用心倾听受害者的声音比其他任何事情都更加重要，因为这样可以抚慰她们受伤的心灵。但是，想要从根本上解决问题，或是预防此类问题的再次发生，就要进一步了解加害者的具体情况。

第一章中的山本武,让他混入教师队伍这件事本身就是一个错误。就像教育委员会和学校管理人员所说的那样，他或许根本就是“少数极不检点的人”之中的典型。他对很多学生进行挑逗，他到学校似乎就是为了寻找情人。录用阶段难以对人的本性进行甄别，因此要想阻止这种人混入教师队伍，着实有些困难。在采访过程中我发现，无论怎么对这种人进行深究，要想从他身上找出解决问题的办法，根本就是徒劳。

当然，也有些老师对待工作的态度一直是一丝不苟，他们的失足也只是一时糊涂。在现实生活中，不少过于认真和死板的人都很容易误入歧途。

最近，患上精神疾患的教师有激增的趋势，抑郁症是其中较具代表性的疾患。很多人由于工作极度繁忙，压力巨大，最后终于被迫停职。关于此类问题的相关统计数据于每年的十二月份公布，各大媒体也极度重视并大张旗鼓地宣传报道。或许这就是教师有多么认真负责的证明吧。

在同时发布的数据当中，居然还有受处分教师人数的统计，这两组数据放在一起发布，着实让人摸不着头脑。有时，有些有猥亵行为的教师会找些诸如工作繁忙、压力太大等借口为自己开脱，甚至有些媒体也将猥亵与压力太大联系在一起。对此，我持不同观点。我认为他们只不过是在为自己找借口开脱罢了。我在与山本交锋的时候，曾经问过他："是不是因为当时工作过于辛劳，或者是有什么压力的缘故？"我之所以这样问，是因为很容易就能让山本找到借口，只有引出他的话头，才有可能找到突破口。结果，山本却故意岔开话题，答道："也许有这方面的因素，可前提还是出于对智子的喜爱。"

当老师的人应该为人正派，工作热情。另外，要是不喜欢孩子的话，恐怕工作也很难做好。我之前与很多教师打过交道，至少他们给我的印象是这样的。日本的教育特色注定了作为一名教师就要非常辛苦。老师不光要负责孩子们的学习，还要兼顾包括生活指导在内的德育教育。TBS热播剧《3年B班金八老师》可谓经久不衰，武田铁矢在剧中扮演坂本金八的角色，他塑造了一个完美的教师形象。

如果对学生过于热心的话，学生自然会对老师产生仰慕之情，教师误把学生这份仰慕之情当成对自己的爱慕的情况屡见不鲜。

教师与学生之间的恋爱是绝对禁止的，就连电影、电视剧或是小说中也都有描写这方面的内容。教师可能会卷入与学生之间的感情纠葛，但是作为一名教师，即便是学生主动对自己表白，这份感情也是万万不能接受的，因为这是教师的义务之所在。

我在某地教育委员会采访时，有一位教师出身的工作人员坐在我的对面，一边环视着自己的同僚，一边小声对我说道：

“你知道这里的人，有几个是和学生结婚的吗？据说大概有一半。所以啊，一说起这个话题，我们这些人就都没了底气。”

教育委员会的工作人员有很多都是来自教育第一线的教师，结束一定时期的勤务以后，他们还会回到教育第一线。

那位工作人员跟我讲了这样一件事：

“一个年轻的老师曾经问过我：‘我现在跟一个学生的关系已经超越了师生之间的关系，我该怎么办才好？’我直接告诉他——‘那你还是别当老师了。’”

等到学生毕业了，教师与自己教过的学生交往，那是他们的自由。各都道府县都有规定，禁止与未满十八岁的未成年人发生性关系，如果是未满十三岁的话，无论孩子是否出于自愿，按照刑法规定，都按照强奸罪论处。另外，教师掌握着对在籍学生进行评价的权力，这是不争的事实。学生的成绩都是由他们来进行评定的，这是他们的工作。然而却有人反过来利用这种权力，用提高学生的成绩作为诱饵，逼迫学生与其发生关系，比如说那个山本。即便不是如此，那么在同一所学校当中，评价者与被评价者之间有恋爱关系也绝非好事。因为这样难免会出现不公。

教师这群精明的成年人自然不会不懂得其中的道理，但他们却又为何屡屡在这个问题上跌跟头呢？在这个问题上，有的教师可以做到如履薄冰却有惊无险，而有的人则万劫不复，他们之间的差别又在哪里呢？

对此，如何才能与当事人进行深入的交流呢？只有赶赴现场这个办法了。为了能够旁听对引发事件的某教师的审判，我来到了法院。

“判处被告人有期徒刑三年。”坐在被告人对面的女性法官说道。

“缓期五年执行。”

原来是缓刑。原小学教师铃木努在狭小的被告席上长出了一口气，紧绷的神经也跟着松弛下来。

铃木努在关东地区的小学从事教学工作二十五年，是一位资深教师，因为在旅馆里猥亵六年级学生由美而被逮捕。铃木在由美三年级的时候就开始担任她的班主任，由于由美来自单亲家庭，所以铃木对她格外照顾，甚至在调到别的学校之后，还在一直照顾着由美。

对此，由美的母亲自然是十分感激。但从由美四年级开始，铃木就和由美两个人单独外出，就好像是一对恋人，这种情况持续了两年。

“被告铃木与由美保持私人往来，由美待他就像是对待自己的父亲一样，这才让被告铃木有机可乘。”法官开始宣读判决理由。

“他的这种行为为社会道德所不容，作为一名小学教师，他的行为给社会造成了极其恶劣的影响。”判决书当中接二连三出现严厉的措辞。

“但是双方已经达成和解，因被告人之前没有前科，从事教育工作时兢兢业业，而且已经被免职，接受了社会的制裁，被告人也进行了反省，并当庭保证不再与受害儿童进行接触。鉴于此，本法庭认为不应对其判处实刑，而应给予其改过自新的机会。”

公开审理中出现了“特别权力关系”[1]这一术语。教师在施教时被赋予了特殊的权力，而铃木则滥用手中的权力实施犯罪，性质恶劣。

法官继续训诫道：“受害人还只是一个十一岁的孩子，对性一无所知，对一个十一岁的孩子做出这种事，在事实面前任何辩解都是苍白无力的。就像你自己在公开审理时所说，你‘作为教师的形象已经毁于一旦’，这已经无可挽回。不知道你有没有想过，如果受害者是你自己的孩子会怎么样？”

铃木抽动着肩膀哭了出来。

“请你想象一下受害者家长的心情。”

“我错了。”铃木一边点头，一边擦着眼泪说道。

庭审结束，旁听者全部退庭。我急忙向外面跑去，直奔法院的后门，因为铃木被判了缓刑，所以应该很快就能出来了。

等了一会儿，铃木果然出来了。我急忙跑过去，递上了名片。

“我正在做教师猥亵学生的专题采访，为了避免此类事件的再次发生，我需要您的配合。”

[1] 特别权力关系，源于19世纪的德国，在明治时期引入日本，是基于公法的法学概念。这种权力关系有别于公权力与普通公民之间的“一般权力关系”，特指公权力与公务员、服刑人员、国立大学在校师生、国立病院就诊患者等的法律关系。公权力可排除法律方面的因素对特别权力关系人进行全面管理、限制其部分权利，且特别权力关系人不得将公权力的管理与限制诉诸司法程序。

铃木很是惊慌，连忙乘出租车离开了。

“我等您联络啊！”说着，我将手中的名片塞给了他。

那大概是十年前的事情了。

“有时候我梦见自己还在学校的教研室里。‘我怎么还在这里？’我在梦中问自己。”

判决时，铃木才四十多岁，如今他已经年近六十，白发也比那时多了不少。他说话时很稳重，戴着银丝边眼镜，给人一种知性的感觉。缓刑期结束后，他终于重获自由，但他却始终无法忘记那件事。现在他从事的是以成人为对象的技术指导工作。为了能够胜任这项工作，他还参加了专业知识培训。虽然工作内容不同，但他现在从事的依然是教育行业。

“我喜欢当老师,但我犯下了不可饶恕的过错。我从来都不知道身为教师的我，手中居然也掌握着权力。”

人之所以自重，皆是因为其有自尊心。那时他并不知道自己已经夺去了由美的自尊，深深伤害了由美。小孩子根本就不知道“性”为何物。究竟是什么让铃木犯下了大错呢？他能做的，只有每天为由美祈祷，并乞求她的原谅。

判决的数日后，我接到了铃木的电话：

“如果我能帮上忙的话……”

自那以后，我对铃木进行了数次采访。其实最初他也只是说些只言片语，他开始对学校的职场环境及家庭情况等背景进行详细讲述，也只不过是最近的事情。

“那个孩子应该已经成年了，我觉得是时候讲出事情的详细经过了。事情之所以会变成那样，就是因为我只顾想着自己，把她当成了我的避风港。”

但是为什么会两年都没有人发现呢？入江是这样分析的：

“之所以这么长时间不被发现，就是因为他是老师。即便把学生带到校外，也不会引起别人的怀疑，除了学校以外的其他机构都不会出现这种情况。无论是学校里的其他老师，还是家长，都认为学校是个特殊的地方。正是因为如此，学校才会成为他最好的庇护所。”

与妻子关系:“被逼得太紧”

“我也有不好的地方，或许就是因为没能好好倾听你的心声，才把你逼得无路可退。”铃木的妻子隔着拘留所的透明隔离板，流着眼泪说道。

那是铃木对自己的学生由美实施猥亵之后不久的事。铃木回顾当时的情形时说道:“明明是我犯了错，妻子却反而跟我道歉，这真是不可思议。不过当时我的确是被逼得太紧了。”

铃木的妻子觉察到了丈夫心中的空虚。

丈夫的上司、教导主任多次去过他们家里，她向教导主任致歉：“我是他身边最亲近的人，却没能发现他的问题。”铃木身边的人都知道他是个正派的人，对他犯下如此罪行都觉得十分意外。

铃木的妻子也是一名教师，他们还有一个儿子，一家人过得和和睦睦，还时常一起外出旅游。但当他的妻子得知他从由美四年级的时候开始一直控制着由美时，对他的态度就逐渐发生了变化，最后直至离婚。现在铃木觉得自己“失去的东西太多了”。

“在性取向方面，你原本就喜欢幼女吗？”

铃木回答得很干脆："我可不是什么'萝莉控'，即便是漂亮的女孩子，如果对方还是小学生的话，我的良心还是会痛的。"

警方也曾经以为他是恋童癖，认为可以从他家里搜出淫秽光碟，可是对他家进行搜查却一无所获。

"我没有那种变态的嗜好，只不过是我错以为这是一场成年人之间的恋爱。我绝不是因为她十岁才喜欢她，只不过我喜欢的人才只有十岁而已。"

当时庭审中，负责侦办该案的刑警认为："一个成年人跟小学生之间不可能存在什么恋爱关系，他只是在滥用教师与学生之间的'特别权力关系'罢了。"

这是我第一次听说"特别权力关系"这个词。但是他根本无心用自己的权力去要挟对方。

对此，入江解释道："教师意识不到自己与学生之间的权力关系才是最大的问题。他们无法觉察到孩子们根本就没有说'不'的权利。体罚问题其实也是一样的，很多老师都觉得'我的本意并不是想惩罚他们，我只是恨铁不成钢'。"

从由美三年级那年的 9 月开始，铃木担任她的班主任，时间仅有半年，新学期一开始铃木就调去别的班了。由美快上五年级时，铃木调到了另外一所学校。铃木被逮捕时，由美正在上六年级，这期间的具体情况到底是怎样的呢？

"当初我刚调到这所学校时，就觉得由美是个与众不同的孩子，作为班主任老师，我很看好她。

"她大概是受了上中学的姐姐的影响，什么事都很积极，对以小学生为消费对象的名牌服饰很感兴趣。

“经过一个学期的调整，我的班级已经是井井有条了。她是在暑假结束后转学过来的。她不太善于交朋友，前一天还好好的，第二天就跟人打起来了。”

后来铃木接到她母亲写的信，说是由美被男同学欺负了。

由美想要铃木只关心她一个人，在给铃木的信中说喜欢铃木，还说希望铃木能够“成为我一个人的老师”。她信中所说的“我就是老师的右手”，让铃木欲罢不能。另外她信中一些话根本不像是小孩子的语言，一句“老师好有男人味”，也让铃木心中一阵悸动。

由美家中只有她们母女三人。

“她是因为缺乏关爱才会这样。也许她给我写这样的信，就像跟自己的父亲撒娇一样吧。另外，她没法融入班集体里面，这样做也可能是希望得到我的认同吧。”

铃木现在回想起来，由美的意思也许仅此而已。

“三年级下学期结束，春假我跟她一起去郊游，那次以后，我们的关系就发生了变化。”

盒饭上有一个大大的心形

由美第三学年结束的那个春假,铃木带上自己的学生开车去郊游。一同去的除了由美，还有铃木小学一年级的儿子。

这时候,铃木还没把由美当成自己的“女朋友”,由美还仍然只是铃木的一个普通学生。但是由于不断从由美那里收到表示“非常喜欢”老师的信，加上由美那种想把老师占为己有的孩子气的想法，铃木的判断开始出现偏差。

“她亲手给我做了一个盒饭。”

那是一个只有少许游乐设施的公园。晌午过后，大家围坐在春日阳光照耀下的草坪上，由美打开了盒饭:“老师，给你。”

由美递过盒饭，米饭上有一个用三文鱼做的大大的红心。

“看得出来她做得非常用心，而且真的很可爱。”铃木回忆起当时的情形，脸上露出了笑容。

“当时我经常借休息日带自己的学生外出。”

对于铃木的这种做法，多数教师认为这属于公私不分。

“其实要这样做，有必要征得学校方面的同意，但由于孩子们喜欢，我就……”

铃木说起这件事时，似乎是觉得很无奈。

这期间，他的妻子难道就一点都没有觉察吗?

“她喜欢玩电脑网络游戏，看样子好像整天玩也玩不够。”

铃木夫妇同为教师。那么铃木的妻子是否曾经向他表示过自己的不满呢?

“儿子放学后就放在托管班，虽然有时候我也去接孩子，但妻子却总是说我不管孩子。”

两人之间的隔阂越来越大。

“学校也有学校的事，总是没法早回家。”

年近五十的铃木当上了教务主任，除了要制订全学年的教学计划，他在学校的运营管理方面也担任着重要的角色。

“那时已经到了该全面考虑学校的大小事务的岁数，我得担起跟自己的年龄相应的责任来。

“一遇到讨论欺凌、体罚，还有教师的心理上的问题的时候，我总是忙得不可开交，根本就没有时间管孩子。

“大家也许会说：‘一个老师，有那么忙吗？’可实际上乱七八糟的事情实在太多，那是真忙。”铃木一脸严肃地说道。

在之前那所学校，铃木负责研究和改进教学方法，也是忙得焦头烂额。

当时有一件事让铃木懊恼不已。那时候他们的孩子还小。

“妻子忙于家里的事情，我也很忙，一时疏忽，竟然把结婚纪念日给忘了。”

每逢结婚纪念日，铃木夫妇都会点燃婚礼上别人送的大蜡烛以示庆祝，年年如此，没有一年例外。

“我回来了。”

那天，铃木很晚才回家，一进门就看到了饭桌上的蜡烛和一筷未动的饭菜，才突然记起今天是结婚纪念日，连忙向妻子道歉。

“我一辈子都忘不了这一天！”

铃木的妻子愤怒至极，看都不看丈夫一眼。

“那件事让我十分后怕,以致后来做梦还梦见了那件事。自从我当上教务主任以后,我们之间的分歧就更大了。我觉得自己越发空虚了。不过这都是借口，事情之所以发展到这个地步，只怪我自己的意志薄弱。”

自从当上了教务主任后，铃木的工作更加繁忙，同时，他也站在了事业与命运的十字路口。

卸任班主任后受到很大刺激

“要当教务主任，就不能再继续担任班主任，这是我不愿意的。我觉得只有担任班主任,才像个真正的小学教师。”铃木在回顾当时的情形时说道。

由美第三学年即将结束的时候，铃木为了不能再当她的班主任一事苦恼不已。校长说过，从下一年度开始，让铃木当教务主任，由他制订全校的教学计划。按照惯例，教务主任不能兼任班主任。从时间自由的角度来考虑的话，身兼数个年级教学任务的单科教师反倒比较自在。

有一段时间，由美几乎每天都给铃木写信，说喜欢铃木。

“我没有钱，所以只能自己动手制作。”由美送铃木礼物的时候总是这样说。由美送给他很多画有心形的彩纸，他对这些礼物也是非常中意。

“真是不可思议，我居然迷上她了。跟成年人谈恋爱时我也一样，别人对我好一点儿，我就很容易心动。但是，我却从没想过自己居然会喜欢上一个小学生。”

现在他总算明白了，由美之所以这样，是因为家中只有她们母女三人，她只是在向他索求在家中感受不到的父爱罢了。工作不顺心，在家里又与妻子产生嫌隙，由美的出现，让他觉得不再空虚。

据深谙性犯罪心理的专家所言，即便是中产阶级家庭出身，从事知识型职业的人，要是得不到自己想要的东西，也会通过在儿童或是女性身上发泄性欲以求满足，这种类型的性犯罪不在少数。铃木认为，对他自己而言，或许就是把由美当成了满足自己欲望的工具。

三月末的某个黄昏，铃木正在开车，突然手机响了，是一个他没见过的号码。

“是老师吗？”

是由美的声音。

“她应该是在学校摆弄我手机的时候记下的号码。”

后来，由美就频繁地打电话给他。他们两个人第一次通话的内容铃木至今还记忆犹新。

“四年级你也当我的班主任吗？”

由美觉得新学年铃木仍然会当她的班主任。这时虽然不再当班主任的事已经定下来了，但是四月份之前要对学生保密。

“还没定下来……”铃木含糊其词地说道。

班主任几乎负责班级所有科目的教学，有人把班主任比作班里所有孩子的“国王”。由于班主任可以轻易地避开周围人的目光，所以这种制度被诟病为“校园各类事件的温床”。

与由美相处了半年，如今即将分开，铃木只觉得无比空虚。

“我大学时的专业是理科，这时让我去当理科专科教师，实属不幸之中的万幸。”

即便是在校外，由美和铃木也能通过手机时常保持联络。四月份一到，铃木就立刻把自己不再担任班主任的事告诉了由美。后来，当我问起他是如何能够做到对由美为所欲为的时候，他告诉我，手机联络就是手段之一。

“现在只要知道对方的手机号码,就能随时保持联络。要是通信手段没有这么方便的话，或许事情也不会发展到这个地步了……”

铃木从教研室搬到理科实验室的时候，由美过来帮忙了。

再要强也只不过是个孩子

离开被孩子们所环绕的“班级王国”，来到理科实验室，铃木觉得很寂寞，每天与他为伴的，只有人体骨骼模型。铃木不再当班主任了，他把自己的桌子搬到了这里。他望着窗外上体育课的孩子们，只觉得自己形单影只。

“铃木老师！”

新学期开始的第一天早上，已经是四年级学生的由美带她的朋友过来玩了。此后她们每天都会来。

铃木过生日时，有很多孩子送他笔和笔记本之类的礼物，由美还是一如既往，说自己没有钱，送的仍然是亲手制作的礼品。

“她有这份心思，我真的很高兴。”

由美送的礼物有旧玩偶，还有“帮忙券”“捶肩券”等，甚至还有“亲吻券”，上面写着“有效期限一周”。铃木问起“这个怎么用？怎么还有有效期呀？”的时候，由美笑着回答说：“对铃木老师，自然是永久有效。”铃木听了高兴得合不拢嘴。

由美对于演艺界的事耳熟能详，她说话的内容和语调，俨然一副大人的模样。

“自从不再当她的班主任以后，我觉得我们之间的感情已经超越了学生与老师之间的感情。现在回想起来觉得有点不可思议，为什么当初会无法自拔呢？”

由美曾经对铃木抱怨：“星期天实在是太无聊了。”于是四月下旬的某天，铃木和由美决定两个人一起去游乐园玩。由美家里只有她们母女三人，她们的母亲外出工作，上初中的姐姐也去外边玩了，由美没有要好的朋友，所以只能一个人待在家里。

铃木以为这只是他们两个人之间的秘密，没想到由美却把这件事告诉了班里的一个男生。

铃木的声音不禁变得嘶哑起来：“你要是告诉别人的话，那今后咱们就没法一起去玩了。”

由美把铃木对自己的偏爱当成了对周围的人炫耀的资本。

“我以为她不会对别的孩子说，所以就没有特意告诉她别说出去，没想到……”

虽然看起来比较成熟，但她毕竟还是个孩子。由美将自己和铃木一起外出的事告诉其他人以后，铃木非常生气，怒吼着由美没有常识。

后来在调查阶段，由美向检察人员描述，铃木生气的时候非常可怕：

“铃木老师总是那么和蔼可亲，可他生气的时候表情非常可怕，还把桌子拍得咚咚响。要是把他惹火了的话，谁都会战战兢兢，不敢说话了吧。”

最后还是铃木先联系了由美，二人重归于好。五月末的一个休息日，二人再次去了游乐园。

“今天我们之间不再是老师和学生之间的关系,就让我们成为一对父女吧。要不然，男女朋友的话我看也行。”

铃木在车上以玩笑的口吻试探，今天他们各自应该扮演什么“角色”。

“啊……男女朋友好像不太合适，父女的话也有点别扭。不好，不好！”

后来，虽然他们几乎每个月都要一起出去一次，但两个人的想法却渐渐地发生了分歧。

“其实只要休息日随便有个人陪她出去玩，她就心满意足了。”

其实从由美将他们两个人一起外出游玩的事告诉朋友的那一刻起，铃木就应该知道自己想错了。他之所以对由美怒吼，就是因为他自己心里有鬼。后来铃木终于明白了，由美对自己的感情并非男女之情，她之所以想要独占自己，是因为她渴望得到他的父爱。事情朝哪个方向发展，取决于铃木当时能否迷途知返。

脸颊上的一个亲吻让他忘乎所以

暑假开始后不久，小学教师铃木努和小学四年级学生由美的身影就出现在东京台场某处保龄球场上。

“怎么，你还有个女儿吗？”

二人突然邂逅了铃木之前所在学校的女教师们。

“你不是只有一个儿子吗？”

铃木吃了一惊，突然急中生智，答道：“这是亲戚家的孩子。”

总算是蒙混过去了。

当我问铃木“你这样做,身边的人没有觉得不对劲吗？”的时候，铃木跟我讲了这段插曲，并且说：“当时差一点儿就露馅了。”

“当时我被她迷住了，根本就没想过被人发现了该怎么办。”

那时，铃木已经顾不了那么多了。原来同事问起来，一句“亲戚家的孩子”，对方不也没有继续追问吗?

“当你说想亲她的时候，她没有表现出反感的情绪吗？”

自打从由美那里得到“亲吻券”之后，铃木就一直想亲吻由美，但由于由美是单亲家庭，她的母亲每日忙于工作，由美放暑假之后就被送回老家，二人分隔两地，所以铃木的愿望始终没能实现。

本就十分失落的铃木，进入八月份以后就更加烦恼了。每年都有管理职位的考试，铃木报考的是教育论和关于学校运营方面的论文考试。可他写文章实在是不在行。他明知今年的考试自己仍然无法合格。但考试结束的瞬间，他仍是长出了一口气。

由美已经抽泣至少半个小时了，铃木感觉有点束手无策。夏天即将过去，两个人已经很长时间没见面了，他们正在游乐园中“约会”。

铃木不顾由美说自己坐不了过山车，硬是把由美拉了上去。下了过山车由美就开始哭，最后干脆坐在地上，咚咚地捶打着铃木的肩膀。

“实在对不起，那咱们玩什么好呢？”

“不那么快的就行。”

二人并排坐在缓慢旋转的游乐设施上时，由美说了一句“今天来点特别的”，就在铃木的脸颊上亲了一下。

这一刻，铃木心里美滋滋的：“看来她真的喜欢我，真是太高兴了！”但是当后来进行事件调查的时候，由美却是这样说的：

“我之所以亲了他的脸，就是因为老师对我太好了，我心里很高兴。老师就是老师，跟老师接吻，我可不干！”

看来他们两个人的想法分歧不小。

“老师平时很郁闷吧？夫人也不跟你聊天吗？”一日，由美这样问道。

“身为教务主任，日常事务繁杂，简直是不胜其烦。此外还有管理职位考试无法通过的烦恼、与妻子之间的分歧，总之其中种种，能够与之倾诉的，也就只有由美一人了。”

不知从何时起，铃木开始把工作上的不顺心，也一股脑儿地说给由美听。

教务主任的座位在校长与教导主任旁边，跟其他老师正好是面对面，他们坐的位置就代表了他们之间的对立关系。

“有些教师虽然比我年长，还是日本教职员组织的成员，但他们没有资格参加管理职位考试，有什么不满他们都可以挂在嘴上，真令人羡慕。”

而铃木则必须每天早出晚归，甚至比校长到校时间还要早，晚上累到筋疲力尽才能回家，回到家里以后也还是不得安宁。他被孤立，情绪低落，但这些他也只能跟由美诉说。他孤独，由美更加孤独，难道事件真的到了无可挽回的地步吗？

“我自己是一点办法都没有。也不知道其他的老师有没有觉察到不正常……由美频繁来找我，我周围的人要是注意到了，能提醒我一下就好了。要是他们能提醒我一言半语的，事情也许就不会发展到这个地步了。”

对于铃木的这种说法，龟井的批评是严厉的，她认为：“即便是有人提醒他，他也会想办法搪塞过去的。多数加害者即便是露出破绽，也会极力否认自己有不端的行为，他们并不会老老实实地听从别人的劝告，而是会继续泥足深陷，直至东窗事发。”

铃木终于翻了船。那么他为什么会成为一名教师呢？他的成长历程又是怎样的呢？我觉得还需要对他进行更加深入的了解。为了让他毫无保留地说出自己的心里话，正式采访结束后，我约他去过几次居酒屋，一边推杯换盏一边讨论，直至赶上最后一班地铁。每逢此时，铃木总是十分欣喜：

"根本没有人像你现在这样跟我一起喝酒。一听你跟我说'咱们一块办个忘年会[1]吧',我就高兴得不得了。忘年会可真是令人怀念的字眼啊。"

虽然他落得现在这个地步，完全是自作自受，但也着实让人觉得可怜。听他讲述自己现在工作中的种种不如意以及今后的种种不安，我不时随声附和，以示同情。后来，铃木终于愿意积极地表达自己的真实想法了。

"本来我的理想是成为一名治病救人的医生。"

他开始回顾起自己过去崇高的理想，回顾起自己的上半辈子。

---

[1] 忘年会，一种日本特有的风俗，指在年末举行的宴会，其目的在于"忘却一年的辛劳"，形式不拘一格，有私人忘年会，也有企业忘年会。

弃医从教

铃木努出生于关东地区的工业地带，父母都在中小企业工作，他还有一个弟弟。

“我的身体非常弱，从小就经常去医院，无论去看什么科，医生都认得我。就因为这个，我立志做一个有用的人，成为一名医生。”

他上的是一所初高中一贯制的私立中学，大学报考的是一所国立大学的医学院。

“由于我过于热衷社团活动，根本就考不上报考的那所大学，这样的结果是从一开始就已经注定了的，所以那次考试我权当一次纪念性的考试。”

铃木考入了另外一所国立大学的教育学院，至此，他基本上已经决定要成为一名教师了。

“我真正立志成为一名教师，是我考入大学以后的事情了。”

铃木放弃了自己的梦想。他之所以会成为一名教师，就是因为他考上了这所大学的教育学院，这个理由听起来似乎颇为消极。

那么铃木小时候，教他的都是什么样的老师呢？

“几乎没有哪位老师能给我留下深刻的印象……我上小学的时候，

有一位上了年纪的女老师把我视作眼中钉，自此以后，我就再也不愿意去学校了。”

在铃木的印象中，似乎没有哪位老师能够成为自己的榜样。但当他升入大学以后，有一件事让他的想法发生了转变。入学后的新生欢迎会上，一位年轻的老师主动跟他搭话。

“大概是因为年纪相仿的缘故吧，我觉得可以对他敞开心扉，就如实说了‘其实我本来是想上医学院的’。”

“医者救命，师者医心。两者并无不同。”

铃木就是在当时被那位老师的回答所鼓舞，才决心成为一名教师。

可直到现在，他才真正明白教师工作的意义是什么。

性犯罪杀死的是人的灵魂。立志救命医心的铃木本应成为一名合格的教师，可是究竟是什么让他反其道而行之，沦落为一个摧残孩子心灵的犯罪者呢？我总是觉得以“师者医心”这句话作为培养教师的出发点有些不对头。

另外，铃木在上学期间，一项公益活动让他体会到了作为一名教师的意义，就是在免费滑雪教室给孩子们作义务培训。

“孩子们按我说的方法去做，很快就学会了滑雪，孩子们的喜悦就是我的喜悦。”

后来，铃木也曾经带由美一起去滑雪，也教会了由美如何滑雪。

在英语当中，教育一词就是“education”，这个词来源于拉丁语，原意为对学生加以“引导”，从而使其发挥能力。而日语当中的“教育”一词，则体现出教师以绝对的指导地位，培养和提升学生的能力。有人指出，体罚问题之所以在日本全国范围内的学校中广泛存在，就是因为教师们基于这一理念，对学生们进行“严苛的指导”的缘故。这一理念体现在行动上就是体罚。

“引导”还是“灌输”？当我问及铃木的教育理念时，他有些语无伦次：

“就教育的手段而言，我觉得应该尊重个性的发展，但是，我还想把自己的一些想法代入其中。看来我是错了。”

铃木一直学习、践行的教育，究竟是什么呢？这也是解释他后来为何会对由美进行猥亵的关键。

我喜欢给出正确答案

铃木在国立大学教育学院学习的是理科科目教育，当时日本的教育正处于“由重视知识转向重视实践”的过渡期，铃木他们这批预备教师也将站在时代的前沿，即将被培养为具备相应能力的教师。

理科的精华在于实验。通过实验，可以把物理、化学等科目的基础理论转化为看得见、摸得着的东西，可以给人以直观的印象。铃木喜欢给学生们以提示，然后引导他们自己得出正确的结论。

“孩子们理解并掌握了知识，就是我最大的安慰。”

铃木的教育理念就是，让学生们的水平无限接近自己预先设定的目标。

“实验都具有一定的危险性。对实验的细节进行控制，引导其完成实验就是理科教师的职责所在。”

铃木是一名认真负责的教师，但是他却没能做到对学生进行适当的引导，增强其自主学习意识。他对由美的猥亵，已经让由美的自尊心荡然无存，可他却全然没有意识到这一点。

在那次审判中，最让铃木感到震惊的就是检方说自己“滥用教师权力，对学生为所欲为”。他似乎完全没有意识到教师在学校中所拥有的权力。

“无论什么事，我都和孩子们共同进退。”铃木在这方面下了很大的功夫。他总觉得自己和由美之间是对等的关系。

“我从没觉得我手中掌握着什么权力,这太令人吃惊了。我觉得很多老师都没有意识到自己手中掌握着权力吧。”

各地不断有体罚事件浮出水面，就是由教师手中的权力导致的。

“我觉得体罚绝对不可取。要是在事发前有人告诉我,我的这种行为‘与体罚性质相当’的话，或许我会三思而后行。”

对此，长年在神奈川大学执教师资培养课程的入江直子说道:“事情之所以会发展到这个地步，是因为以前我们都认为能够陪着孩子们一起哭一起笑,才是最为理想的教师形象。即便教师自己没有意识到，实际上教师与孩子之间是存在权力关系的。这一点无论是在大学的课堂上，还是在教师实习期间，我们都有必要告诉学生们。只有这样，才能有效防止体罚和校园性骚扰事件的发生。”针对喜欢将自己的思维强加于学生的教师的行为，入江认为:“他们认为自己的教育有助于学生个性的养成，但他们并不知道这样一个事实——即便是教师能力所不及之处，孩子们仍然能够通过自学来使自己成长。”

铃木执教二十五年来，教职员办公室的气氛又是怎样的呢？他决定成为一名教师的时候,正值热播剧《3 年 B 班金八老师》开播之时，也正是这个时候，初中校园暴力事件开始频发。

铃木开始工作的年代正是大批录用教师的年代，与铃木一起参加工作的人应该不在少数。他说自己“在学校和家里都处于孤立的状态”，难道他真的找不到一个可以商量的人吗？

“教师是个专业性比较强的职业，在学校里，老师们都互相尊重，有什么意见的话，也很难说出口。大家都互相以‘老师’相称，却又没有什么真正的交流，班级管理的话题根本就没有机会跟其他老师交流，私底下的话题就更不用提了。”

入江觉得，她自己的学生一旦当上老师以后，突然就不了解一般的社会常识了，他们甚至完全意识不到，学校本身就是游离于社会之外的。甚至他们在跟人辩论一些在社会上行不通的歪理时，会大言不惭地说出“在学校里，这种事是理所当然的”之类的话。在入江的学生当中，有很多人认为体罚就是因为“恨铁不成钢”，对体罚持纵容的态度。对此，入江颇感愤慨：“当街对人施以暴力会被拘捕，同样，也绝对不允许以教导为理由对学生进行体罚。在学校中，团队协作尤为重要，但一旦有什么事，大家却都是一副事不关己的表情。社会上的一切常识，在这里全都失效了。”

就是这个特殊的世界，加速了铃木的犯罪进程。

“亲吻券”在手

由美亲了铃木脸颊的三个月之后，此时已经到了入秋时节。铃木趁妻子和儿子都不在家，将小学四年级的由美带到了家里。

铃木将由美给他的“亲吻券”端端正正地放在手中递给了与他并排坐在沙发上的由美：

“亲一下。”

“不行！”

由美转过脸去，避开了他。铃木以为她只是怕羞，所以三番两次地强行将自己的嘴凑到由美面前。见由美真的很害怕，才停下问道：“你没事吧？”

“我见她总说喜欢我，还以为她真的喜欢我，现在回想起来，那应该不是她的真心话吧。”

铃木还在为由美的拒绝寻找合理的借口。殊不知一个大人、一个孩子，一个教师、一个学生，面对如此不对等的关系，要说出一个“不”字该有多难。

这件事过去以后不久，由美托同班的一个女生给铃木送来了一封信。

信中写道："我不会再跟你见面了，也不会再去理科实验室了。"

面对由美如此决绝的拒绝，铃木有些动摇了。

"我知道，这件事要是泄露出去，我就再也没有容身之地了。"

但没过多久，由美又来了："信看过了吗？把信还给我吧。是我不好。"

见此情形，铃木终于长出了一口气。

教育工作者之间有这样一个说法，女孩子的青春期有提前的倾向，有的孩子四五年级就开始进入青春期了。处于这个时期的由美经历了这么一件事，应该会受到很大刺激吧。

"我讨厌你！我是不会原谅你的！"由美先是责难，又立刻向铃木道歉，之后又是责难。几次三番都是如此，二人见面的次数也越来越少了。

"没戏了！"铃木有些灰心了。于是他向校长提交了人事调动申请。

但就在铃木提交了调动申请之后，由美又频繁出现在他眼前。

"我也不知道自己为什么那么写，老师的音容笑貌总在我心头挥之不去。"

见到由美的这封信后，铃木的心放下了。

后来调查时，已经是六年级的由美回顾自己当时的心境时这样说道："当时我想要表达的是，那件事都怪我不好。"

由美当时的心情也很矛盾，这封信中所写的，并不是她的真心话。

"亲吻脸颊的话还可以硬着头皮挺住，但是接吻的话，必须是自己的意中人才行，尤其是初吻，我一定要给自己喜欢的男孩子。”

这期间发生的事情让铃木后悔不已。

“由美四年级的时候，曾经对我说过好几次‘这次是最后一次见面了’，但是下次之后却还有下次，我就没把她的话当真。我知道到了这一步，我应该适可而止了。”

龟井注意到，受害者在此过程中曾多次表达抗拒的意思，“但是，却又不得不服从教师的意愿。如果铃木能够厘清其中关系的话，后面就可以防患于未然了”。

由美第四学年快结束时，铃木收到了调往其他地区小学的内部调令。铃木唯一的道别对象就是由美：“我要去其他地方了。”

分离，帮忙搬家

“放在这个箱子里了。”

春假[1]的一个星期天，由美在小学的理科实验室里忙着帮铃木收拾行李。从四月份开始，由美就是五年级的学生了，而铃木就要调到别的地方了。

由美在空箱子上画了很多自己喜欢的心形，还把桌子抽屉里的东西进行了分类。

“她干起活来很麻利，会成为一个贤内助的。”

回忆起当时的情形，铃木的脸上出现了一种陶醉的表情。

对此，龟井认为：“让一个小学生充当自己妻子的替身，这种人在精神上十分幼稚。小学教师当中，有很多人都说‘喜欢孩子’，但其中不乏只有跟小孩子才能正常交往、性格十分幼稚的人，其中也不乏有恋童癖倾向的人。”

铃木来到新的学校后，担任教务主任而不是班主任。但该地区的

[1] 春假，日本采用 3 学期制，中小学假期分为寒假、春假和暑假。春假一般为 3 月 25 日前后至 4 月 7 日前后。

教务主任与铃木之前所在地区有所不同，这一地区各校教务主任喜欢自发组织定期的学习会，对授课及班级管理的情况展开热烈的讨论。

“大家都很有干劲。他们每个人都把自己当成学校的骨干，我也不禁被他们这种情绪所感染。这时，我身为一名教师的工作热情又再次被激发出来了。”

这让铃木开始觉得自己这个被推上位的教务主任干起来还有点意思。只是铃木的工作环境发生了改变，由美也不在身边了。

“当时我已经迷上了由美，其实跟她分手的机会有很多，但是我却偏偏做不到。”

空间上的距离越远，思念就会越发强烈。

铃木调动工作之后不久，两人就去了商务旅馆。这是他们第一次去旅馆。但这段时间他们主要是在旅馆的房间里玩电脑游戏。虽然有时他们也相拥躺在床上，但每次都是穿着衣服的。

“两个人都需要放松一下，所以那个地方很合适。”

这种不可思议的关系持续了一年左右。每隔两三个月他们就要去一次旅馆，当然，有时候他们也会去游乐园或是电影院。

他们约会的地点在台场。回家的路从首都高速路到东京湾，一路上都是优美的夜景。车里放着由美喜欢的歌手中岛美嘉的歌曲。由美觉得近似爵士乐的曲风与当下的气氛极其相称。铃木愈加盼着周末的到来。

那年，快到夏天的时候，铃木的胃开始疼了起来，又快到八月份的管理职位考试的时间了。这个考试铃木已经参加过五六次，但每次都没能通过。与他一同参加这个考试的熟人当中，也有人好几次没能通过，有的人说考完这次就再也不考了。对于次年就被逮捕的铃木来说，这也成了他的最后一次考试。

如果不想当管理人员的话，其实倒也没必要非纠结于这个考试。但由于铃木和他身边的人都认为男人就应该报考，所以他虽然不想考，却也一直没有放弃。

暑假开始以后，由美像往年一样被送回老家去了。两个人距离更远，思念也就更甚了。每天由美都会通过手机和铃木联系。

“她给我打电话可能只是因为无聊而已，但是慢慢变成，不管有什么事情，我都一定要接她的电话。”

一边踢足球一边打电话

一个冬日的傍晚，铃木正跟孩子们一起踢足球，这时他的手机响了。铃木奔跑着，只听他耳边的电话中传出怒吼声："为什么不接电话?！"

是由美的声音。

"抱歉。我给你打回去吧。"

铃木一边踢球，一边拨通了由美的号码。这样一来，通话费就由铃木来负担了。

"要是挂断的话，她就会生气的。所以她的电话我必须接。"

但在调查阶段，由美的证词则截然相反:"我要是不给他打电话的话，老师就会生气的。"究竟是铃木陷入了自己给自己设置的陷阱，还是他们二人互相依赖、互相束缚呢？旁人不得而知。

还有一次，铃木的电话在教研室里响了起来。铃木一边小声讲着电话，一边向走廊走去。这时迎面过来的一位女教师开玩笑说道:"又是女朋友打来的吧？"

铃木的电话每天下午五点肯定会响。为了这点乐趣，他每个月的电话费高达两三万日元。

“同事们谁都不会想到，我的‘女朋友’竟然会是一个小学生。”

由美把铃木休息日带她外出的事情告诉了自己的母亲。

“对于一个工作繁忙的母亲来说,她恐怕只会觉得那只不过是一个平易近人的老师，在经常帮她照顾女儿罢了。”

铃木每次见到由美的母亲，她总会心怀感激地说：“实在不好意思，您带由美去了那么多地方。”

对此，入江是这样评价的：“无论是老师还是家长，都会觉得学校是个特殊的地方。要是在企业里的话，恐怕很少会出现因私人问题频繁打电话的现象。由美的母亲也因为铃木是由美的老师而没有产生怀疑。要是在企业里的话，恐怕谁都不会以在学校里的标准思考问题了。”

那么铃木每周周末都不在家，他的妻子就没有任何怨言吗?

当然是找各种理由，诸如“和朋友去打高尔夫”“去免费足球教室当教练”，等等。

“不过我最常用的借口还是教务主任业务繁忙,即使是休息日也要上班。”

一个休息日的早上，铃木照例对妻子说：“今天还要上班。”

“哦。”他的妻子也是照例露出一副不痛快的表情。

“我们仅在必须进行交流时才和对方说话。”

当由美问及铃木的妻子有没有埋怨的时候，铃木也如实回答:“撒了个谎出来的。”有时候由美的信也会寄到铃木的家里,但看到小孩子歪歪扭扭的字迹，任谁也猜不到铃木会另有新欢。

“儿子出生时，妻子难产，命悬一线。打那以后，妻子就再也不打算要孩子了，而我们也再没有在一个被窝里睡过。我觉得十分空虚和寂寞。”

另外，在与由美相遇之前的那个夏天，有一件事让铃木受了很大的打击。那次是与妻妹一家一起度假，铃木和儿子一起睡在阁楼上。

“嫁谁不都一样！”

铃木的妻子根本不知道自己的丈夫能听到自己说话，继续跟自己的妹妹说道：“我就是为了尽快离开家教太严的家，所以才早早就嫁了的。”

“我当时受了很大的刺激。她还说，虽然爱的不是我，但错过的就再也回不去了……”

铃木的儿子上了小学以后，他的妻子每周要去一两次健身房。妻子去健身房的日子，晚上铃木就领着儿子去外面吃。自从他的妻子开始不吃早饭以后，铃木和儿子早上就只吃点面包、喝点汤了事。

“妻子或许也觉得很寂寞吧，只不过她不说罢了。”

能够代替妻子为他排遣寂寞的人，就是由美。

“事情已经到了不可收拾的地步了。”

强行触摸身体

“由美，我喜欢你，摸一下可以吗？”

由美马上就要上六年级了。为了要触碰由美的身体，这句话铃木也不知已经问了多少遍。

“啊……那可不行。”

由美极力逃避，可铃木就是紧追不放：“那就等 3 月 14 日白色情人节吧。”

白色情人节是男性向女性回赠情人礼物的日子。铃木自作主张把这天作为他们两人的特殊日子。在铃木看来，由美俨然已经是他的恋人。此时距他被逮捕还剩三个月。

当天，铃木和往常一样去了商务旅馆，可这次由美的行为却不同寻常。

由美阴着脸褪去了衣服，那天她穿着两条内裤。

现在，铃木知道由美这样做，是表示无声的反抗，可当时他却意识不到这一点。

“我猜由美是特意穿了一条很特别的内裤给我看的，她一定很害羞吧。”

铃木以为由美已经完全接受了自己，就开始动手动脚。

检方对事件进行调查时，由美这样说道:“如果反抗的话，也不知道他会做出什么事来，所以我只能顺从他的意思。”针对二人之间的关系，由美则是这样说的:“老师的坏心情总是会持续很长时间，有时候他会写一些很悲观的信，时而让人觉得可怜，时而让人觉得可怕，真是让人无所适从。”

由美同情铃木的遭遇，所以尽量顺着他。而铃木却从来都没考虑过这些。

通过一个具有代表性的事例，我们就可以知道铃木的一些想法。即便是在旅馆的房间里，铃木也想“要纠正这孩子身上的一些坏毛病”。

“比如说一些说话措辞方面的问题，还有感情起伏比较大的问题，只要是我注意到的问题，我都告诫过她。”

总之一句话，即便是在犯罪现场，教师的立场仍然是高高在上，以“一切都是为了你好”为借口实施犯罪。现在铃木自己也意识到了这一点。

“或许我在潜意识中想把她打造成自己理想中的女性形象，我接受了她性格中的任性，同时又想对她性格中其余不好的部分进行改造。”

身为一名教师，他的想法自始至终都是错的。

“或许，教育对我来说，就是把学生刻画成我心目中理想的样子。”

作为一名教师，本应当培养孩子的自尊，而铃木的行为则恰恰相反，他的所作所为完全背叛了自己的理想。铃木的理想本来是救人医心，可他所犯下的却是“磨灭人的灵魂”的罪行。他的言行之间可谓矛盾重重。

实际上，身为教务主任的铃木，也同时兼任防止校园性骚扰的责任人，由此看来，他的意识与行为也是互相矛盾的。

“性骚扰是绝对禁止的，但是由美的事却游离于我的意识之外。当时议论的都是在酒席上不准借机骚扰、不准在学校张贴泳衣照等以教职员工同事之间的关系为中心的问题。当时谁也没想到有人会对学生进行猥亵。”

即便是现在，学校方面对于教师对学生进行性骚扰的危机管理意识仍然不够，依然不愿承认有发生这种事的可能性。针对学生的性骚扰事件时刻都有可能发生，我们要以此为前提，做到提前防范。

由美升入六年级以后，铃木想将她占为己有的欲望就更加强烈了。

给她买了手机

“铃木老师告诉我说：‘要是大家都使用手机的话，电话费会便宜很多。’这笔钱是由老师来负担的。”

这番话是铃木让由美跟她母亲说的。这个理由显得有些牵强。

每天都是由美先从家里给铃木打电话，铃木再给由美打回去，但是铃木希望自己随时能跟由美保持通话，这样，他就能避开由美母亲这个障碍了。

“由美的母亲非常信任我，即便感觉有少许不妥，也会因为我是老师而打消顾虑。我经常给她们帮忙，扮演着一个代理父亲的角色。”

对一个单亲家庭中整日忙于工作的母亲来说，万一出了什么事，能够有人帮忙的话，心里的确也会踏实不少。但铃木却利用了由美母亲对自己的信赖，欺骗了她。

对此，龟井说道：“单亲家庭中跟着母亲长大的孩子遭受性侵害的不在少数。或许是因为一旦有什么事，没有父亲站出来撑腰的缘故吧。母亲即便觉得有什么不对头，因为自己的孩子掌握在别人手中，所以也不敢过分声张。”

除了由美的母亲以外，铃木还担心另外一个人会在旁边监听自己与由美之间的通话。那就是由美的姐姐，她已经是高中生了。

“有一次我正在跟她通话,她突然就跟她姐姐吵了起来。要是用手机的话，就可以在外面慢慢说了。”

由美遇事可以跟自己的姐姐商量，所以她姐姐对铃木来说，是个很大的障碍。其实由美已经跟她的姐姐说过诸如“被老师亲了”“讨厌那样的大叔”的话，但铃木并不知道这些事。

由美正处于青春期，在成长过程中她不断认清自我，对于自己的好恶，自然也懂得找人诉说，而除了她的姐姐，她就再也找不到第二个人倾诉了。

但是她姐姐也有很多话不方便跟她们的母亲说。或许是有些难以启齿，并且她也不想让自己的母亲担心吧。最后，铃木带着由美一家三口一起去买了手机。

由美总是频繁给铃木写信，可有一段时间，却突然不再给铃木写信了。这一状况被检方视作由美“心境突然发生变化”的证据。但铃木却不这样看。他认为，自己要是觉察到由美心境发生了变化的话，也许就不会继续纠缠她了。铃木不愿相信检方的举证就是事实。

六月的一天，铃木将由美从游乐场送回家后，独自开车回家时，手机上收到了来自由美母亲的一条短信，这条短信让铃木感到脊背一阵发凉。

“请不要再找由美了。这次是最后一次了。”

铃木急忙拨通了由美的手机,手机里传来的是她母亲冰冷的声音：

“关于这件事，由美恐怕已经撑不下去了。”

后来铃木又打了几次电话，由美和她母亲都没有接。

“这样看来，应该是由美和她母亲吵架以后，将我们的事情跟她母亲挑明了。”

其实，由美的母亲也注意到了女儿的变化，而且由美的班主任也说：“由美最近变得心事重重，整日摆弄手机，一整天都不离手。”由美每天都把手机带到学校，母亲便将她的手机没收了。

铃木开始有点着急了。

“我心里想的只有能不能再见到她这一件事。”

铃木为了缓和一下自己不安的情绪，便带着还在读小学四年级的儿子出门旅行了。

旅行归来后，立即被逮捕

铃木的儿子非常喜欢火车，为了履行与儿子之间的约定，内心虽仍有不安，但还是坐上了火车出门远行。这次也和往常一样，妻子在家看家，不和他们一同出去。

儿子在客流稀少的火车上兴高采烈，而铃木却闷闷不乐。他打了几十通电话，被铃木视为恋人的由美和她的母亲却始终没接，却突然接到了妻子的来电：

“警察来家里了，说是要问一下学校里的情况。现在正在外边等着呢。”

“什么？学校的情况……会是谁呢？”

他万万没有想到，这次被调查的对象会是他自己。可就在那一瞬间，他似乎突然明白了什么，不禁“啊”了一声。电话那端的妻子似乎也觉察到了什么，很是担心：

“怎么，有什么事吗？”

“没什么……”

挂断电话以后，铃木知道是东窗事发了。

“当时儿子要是不在身边的话，我肯定会卧轨自杀的。”

铃木意识到自己将要被逮捕后,便带着儿子买了回家的返程车票。在铃木家的住宅楼前，停着一辆面包车，四名警察已经等在那里。或许他们也没有猜到铃木没有顺势逃跑吧。

“我们有话要问你。”

“嗯。”

铃木没做任何抵抗，老老实实地跟他们走了。在车上对铃木进行简单的盘问后，便出示了逮捕令。在对铃木的家进行搜查时，铃木的妻子十分不安地盯着自己的丈夫。

“实在不敢相信这是真的。”

铃木在警察局说自己是爱由美的，可警察却说“跟小学生之间根本不可能存在恋爱关系”，铃木只好辩称自己的出发点是跟由美谈恋爱。

直至被逮捕之后，铃木才知道由美心里到底在想些什么。他被眼前的物证惊呆了。物证之一是一本由美的日记，上面记录着由美的种种痛苦。

“我最讨厌的就是那种大叔了。”“我虽然讨厌，却也没有办法。”由美升入高年级以后，就每天以日记的形式，把自己对加害者的厌恶情绪发泄出来。在配合调查时，她也是这样说的：

“直到我升入六年级之前，即便我不愿意，老师也仍旧以各种理由劝我就范。要是让他把电话打到家里的话，我怕跟我妈妈说不清楚，我不想让她担心，所以就一切都按照老师说的去做了。”

在调查过程中可以发现，由美的心境在慢慢地发生着变化，直到她渐渐觉得“是我不好”“只要我再坚持一阵子，事情就会过去的”。

由此可以看出，她自尊自重的想法在弱化，开始逐渐对铃木表现出顺从的态度。

对此，亀井明子表示：“性暴力犯罪的受害者除了感到恐惧以外，还会失去自尊，轻视自己，从而一味地顺从加害者和周围的人。”

直到铃木听警察说，由美完全是因为害怕才顺从自己的时候，他才表现出一丝悔恨：“原来是这样啊！”

铃木一直以为，他们之间的关系完全是出于双方自愿。可对由美来说，这个过程则是她一直被迫服从老师的“特别权力”，心中的悲鸣无从诉说，两年来只能一个人默默忍受。

“教育理念有误”

“我的心境没有发生变化，只是随着事情的发展，我发现有些事情跟我想的不太一样。”铃木说道。

最后，当我问及他判决后心境有哪些变化时，他说道：

“首先，不变的是对受害者的歉意。我现在才意识到，在曾经身为教师的我看来是正确的事情，在旁人看来未必就是正确的。”

铃木的教育信条就是把孩子培养成他自己想要的样子，而在培养他们的自主性与自尊心方面并没有什么热情。他相信，在与孩子们一起学习、一起游戏的过程中，引导孩子们找到“正确答案”，才是真正的教育。

“我从没意识到教师和学生之间存在着权力关系，更没想过利用自己手中的权力去强迫学生做什么。我一直认为我和由美是一种对等的恋爱关系，根本就没有意识到我在滥用手中的权力。”

在警察局里，“特别权力关系”这个术语铃木听到过好几次，警察的话至今仍在他耳边回响：

“教师让学生向右，那么学生绝对不敢向左。”

这些话虽然引发了他的一些思考，但他始终没能将自己错误的教育理念与这件事联系在一起，始终都认为自己作为一名教师并没有做错。直到接受采访之后，他对教育的思考才开始发生了一些变化。

如今铃木回顾往事，觉得这件事与在日本全国范围内引发轩然大波的体罚事件的原因如出一辙。这些事件的起因都是强迫孩子们去做他们不愿做的事情。他认为，如果自己对教师的权力有所警惕的话，事情或许就不会发展到这个地步了。

“我当了 25 年的教师，却从来都没有人告诉过我。别的教师或许对自己所拥有的权力有所了解吧，但我看未必所有人都了解。”

猥亵行为相对于体罚而言，其特点就是隐蔽，不易为人发觉。

对此，有过相当长教龄的龟井有她的见解：

“铃木在连续两年的时间里，对由美实施强行猥亵，不应该没有人发现。但即便有人注意到了，恐怕也会想‘如果弄错了就麻烦了’‘我才不想惹麻烦上身呢’，正是因为学校里到处充斥着这种想法，所以一直都没有人揭穿他。这才是最大的问题所在。”

迄今为止龟井接待的咨询案例中，也不乏学生对教师有好感的。

“如果是小学生的话，肯定是教师的责任无疑，但如果是初、高中生的话，那么就有可能出现将责任归咎于受害者，或是涉事教师被同事所同情的情况。所以，应该在广大教师中加强宣传，让他们认识到‘不要与自己的学生交往，因为这样做就等同于教师在滥用自己手中的权力’。”

铃木回忆起我当初向他提出采访请求时的一幕：

“一开始，你跟我说的第一句话就是‘为了防止类似事件再次发生’，就是因为这句话，我才同意接受采访的。我也希望不会再次出现新的受害者。”

铃木顿了一下，又继续说道：

“如果这段采访能让一位即将犯错的教师幡然醒悟的话，就能防止一次伤害事件的发生。无论是孩子还是家长，或是身处其中的任何一个人，若能因此认识到这个问题的严重性的话，那么这段采访就有价值。”

说完这番话，这位曾经的教师咬着嘴唇，不再吭声。

无声的角落

社团活动

我们都以为，他是因为对我们那一届学生有特殊的感情，所以才会以那种奇怪的方式表达出来。

可疑的“仪式”

事情败露的原因，竟然只是因为母女二人在一起看了一则新闻短讯。

当时电视上正播放一则关于教师因性骚扰事件而被处理的新闻。伊藤惠子永远不会忘记那个夜晚。那是刚刚考上关东大学的女儿早苗第一次暑假回家时发生的事。

“因为这点小事就被处分了？我们初中的剑道部可比这严重多了，简直是要多严重有多严重。”

惠子的心里不由涌起了一股寒意。

“果真如此。”惠子想道。她曾经安慰自己“应该不会有什么大事的”，可事实却比她想象的要严重得多。

从那以后，惠子便走上了与某初中剑道部教练进行长期抗争的道路，而这个教练，对于该校的女初中生而言，则是宛若“神灵”一般的存在。

早苗初中读的是关西某地的一所市立中学，在顾问原口达也的极力劝说下，她加入了剑道部。那时原口刚刚接任剑道部教练不久，虽然早苗之前并没有接触过剑道，但在严格的训练下，她的水平得到迅速的提升。

原口在女子组下了很大的功夫，早苗三年级的时候，原口带领学生们取得了日本全国大赛团体赛的出场权。家长们对此也充满期待，并全力支持原口。

而在成绩的背后，体罚成了家常便饭。平时原口用粗实的鼓槌殴打学生，动辄就把学生狠狠地踹翻在地。剑道部的成员们瘀伤累累，却仍在坚持训练。

原口平日里对学生们宣扬“胜利”和“进军全国大赛”是学生们的“头等大事”以及“成长中最重要的事”,成员们就像邪教徒一样盲目遵从他的指示，其他人都戏称剑道部为“原口教”。

早苗和惠子也曾经认为“要想变强只有遵从教练的指示”。但是现在，她们觉得应该只是原口想要出人头地的欲望和对名誉的渴望在作祟而已。

惠子越发不安起来。女儿到底经历了什么呢？

“女儿上初中时我就很担心，却又没有采取任何行动，我觉得很对不起她。”

那时早苗自己的房间有一部电话，她就用这部电话和剑道部的成员们说悄悄话。

“脱到什么程度？”

惠子隐约从女儿的通话中听到了“脱衣服”，虽然觉得有些不对头，但也没有追问。

“我觉得应该是让女生当着老师的面换衣服，只是觉得有些不妥，却也没多想。”

还有一件事让惠子觉得放心不下，不过她也只是听女儿说了一嘴，并没有放在心上。

“体育馆里的休息室锁着门，我就在外面等，等了一会儿，见一个女生从里面走了出来。”

休息室是原口专用的。惠子后来才知道，受害学生将在休息室中教练的行为称作“仪式”，并长期忍受着。

“这孩子无论什么话都跟家长说，所以我以为她觉察到有什么不妥的话，就一定会跟我说呢……”

所以惠子现在不得不问：“为什么这些事你上初中的时候不跟我说呢？”

“老师不让说呀。要是说了的话，我就没法去学校了呀。”

惠子不敢再继续往下追问了。

暑期结束后，早苗回关东上学去了。惠子向当地的市教育委员会举报了此事，但由于原口矢口否认，教育委员会并没有对其作出处罚。

跟市教育委员会之间的官司，从早苗跟母亲说出真相开始到判决结束，一共花了近六年的时间。早苗如今已经年过三十，但与原口之间的事依然纠缠不清。

惠子在回顾那段漫长的抗争历程时说道：

“市教育委员会几次三番给出的答复都是‘这都是陈年往事了’‘如果是上学时向我们举报的话，我们就会对其作出处理’。他们说这些话时，完全没有设身处地地为受害者着想。而且，就在我们对原口进行揭发的同时，还有在校生不断遭其摧残。”

2012年12月，大阪市立樱宫高中的一名男生，因不堪忍受该校篮球部教练的体罚而自杀。其后，教师体罚学生的行为在日本全国范围内引发了轩然大波。学校的社团活动很容易成为体罚的温床，同时也极容易滋生猥亵行为。但是，只要涉事教师对自己的猥亵行为加以否认，此类事件多数都会不了了之。

我们会在本章中讲述惠子母女二人因猥亵事件与涉事教师长期抗争的案例，由此来对学校社团活动中出现的相关问题展开讨论。

传统“仪式”

“简直是花样百出。”

惠子的女儿早苗如今已经是大一的学生。早苗在回顾自己遭受初中的剑道部教练猥亵时所说的话，不断在惠子的脑海中回响着。

“我已经愤怒到了极点。我当时倒是听到了一些性骚扰的传言，却没当一回事，只是一味地在孩子的身上寄予希望。我没能在她身边好好保护她，我觉得很对不起她。当时女儿说不想去学校的时候，我也没太放在心上。”

剑道教练原口的一句“进军全国大赛”不仅骗到了早苗，也迷惑了惠子。惠子听女儿说练习要求很严格，但由于当时对体罚也没有一个正确的认识，所以也并没太在意。不仅如此，她更后悔由于自己的疏忽，竟然让女儿遭人猥亵。

“虽然我很想知道其中详情，但是我怕伤害到女儿，就没有细问。”

早苗上初中的时候，惠子是该校“父母及教师联合会”的干部，早苗毕业后，她仍然与那届学生的父母乃至其他年级学生的父母保持着联系。在与他们交谈的过程中，她就听到了关于原口的各种传言。

惠子解释说：

“当时也听说学校里有丑闻，但这也仅仅是家长之间的一些传言，并没有确实的证据。涉及体罚、霸凌、性骚扰等方面的内容，孩子们根本没有办法跟家长直说。但是，当他们自己是旁观者的时候，就会将自己的所见所闻说给父母听。于是这些事情就会在孩子的家长之间流传开来，这就是传言的来源。”

自己的女儿在校期间，惠子认为“这些不过是传言而已，没有什么大不了的”。

直到有一天，惠子收到原剑道部成员家长的邀请，来到一家家庭西餐厅聚餐。当她到达餐厅时，已经有四位母亲等在那里。

那次聚会，惠子听到了一个奇怪的词：“传统仪式”。孩子们口中的“仪式”，好像就是当着原口的面，脱掉自己的衣服。这种“仪式”在学校里持续已久，在校生都会在前面加上一个修饰语“传统”，这让惠子着实吃惊不小。

后来，惠子又对此展开调查，终于确信了原口长年对学生进行猥亵的事实。

“学校方面对这种行为一直放任不管，太令人难以接受了。”

惠子决定向该校校长、市教育委员会及警察局举报此事。由于害怕原口对自己实施报复，她没有进行实名举报。另外，惠子也不想让已经毕业的女儿在面对昔日同窗时感到尴尬，因此她选择了匿名举报。

她得知自己的举报信没有任何收效的时候，时间已经过去了一年半，恰值年末。当她听说原口将于四月开始调任其他学校的教导主任时，她还以为自己听错了。本应该受到处罚的人反而得到了晋升。她无法接受这样的结果，也不能放任这样的事情发生，于是她给市教育委员会打了电话，并且报上了自己的真实姓名。因为这次是她自作主张打的电话，所以并未说出女儿的姓名。

“我觉得即使不报上女儿的姓名,用我本人的名义进行实名举报的话，市教育委员会也应该能够认真调查。这件事要是属实的话，应该算是件大事吧。我相信教育委员会会对此事进行正式调查的。”

但现实将她的希望击得粉碎。4 月 1 日，原口按照原计划荣升教导主任。

实际上，接到匿名举报信之后，市教育委员会并没有对这件事放任不管，他们立刻找到原口，对其进行调查，可原口却对事实矢口否认。接到惠子的电话后，市教育委员会又第二次对原口进行了调查，可原口仍然说自己什么也没做。

惠子终于意识到单凭自己的控诉终究是力量有限，于是开始和早苗商量，让她亲自出面。

“妈，这件事你怎么能瞒着我自作主张呢？”

因为这件事母亲事先没有跟自己打招呼，早苗的抵触情绪溢于言表。但当她得知原口矢口否认的时候，她惊呆了。

原口的一句“什么也没做”到底代表了什么？口口声声说是为了学生们好，早苗和她的同学们信任原口，才会忍受屈辱，履行那个所谓的仪式，如今那个“仪式”又有何意义？

早苗久久无法释然。她回忆起初中时的那段往事。

决不沦为弱者

“面部！”“胸腹部！”

盛夏时节，初中的体育馆中传出剑道练习的竹刀撞击声。剑道部教练原口达也坐在折叠椅上，将手中的鼓槌向一年级学生伊藤早苗身上掷去。如果有学员没能达到原口的要求，惹怒了原口，他就会这样。早苗连忙拾起鼓槌，递给原口。原口瞄准早苗头盔上防御最为薄弱的部位，举起鼓槌狠狠砸去。

“对不起！”

早苗顿时觉得头晕目眩。

“知道为什么挨打吗？”原口面带怒容责问道。

面对原口的责问，早苗拼命回忆自己到底哪里没有做好。

“脚的位置不对。”早苗回答道。

“既然你明白为什么还做错？”

原口用鼓槌戳着早苗的喉部，早苗顿觉呼吸困难，接着又被原口一脚踹翻在地。

“对不起，我会好好做的。对不起。”

早苗规规矩矩地跪在那里，不断道歉。

原口反复跟学员们说的一句话就是“练习要从被动到主动”。但他口中的“主动性”，指的仅仅是对原口的意思进行预判，进而迎合原口的意思。

“对于初中生而言，老师拥有绝对的权威。”被原口体罚和性骚扰的早苗在回顾过往时这样说道。

她所在的学校原本就是一所校规极严，教师权威至上的学校。

“每个月学校都会检查学生的身体情况，诸如学生的刘海是不是剪到眉毛以上，指甲是否过长，等等。”

入学后不久，早苗就在原口的极力劝说下加入了剑道部。在之前的学校，原口还是颇有些业绩的。他在指导学生上面肯下功夫，学校里的很多老师都对其赞不绝口。

“我们绝对信任原口老师。”

原口不断强调能够进军全国大赛是莫大的荣誉。

“在我的指导下，进行严格的训练，绝对能够进军全国大赛。”

毫无基础的选手也能够打进全国大赛吗？

对此，早苗的母亲惠子认为：

“虽说能够进军全国大赛归根结底是学员们努力的结果，但原口老师有他的想法：男子组剑道强校很多，但初中里有剑道部的学校本来就很少，有女子剑道部的就更少，所以初中女子组更容易出成绩。”

惠子继续说道：“我们当父母的，最初对能否进军全国大赛这件事并不太重视，但由于原口老师极力宣扬进军全国大赛的重要性，加之见孩子们个个拼命训练，我们自然就越来越支持这件事。”

剑道部的训练十分辛苦，周末不是训练，就是参加比赛。由于休息的时间非常短，又不让喝水，学员们一个个都因贫血而病倒了。即便是在暑假期间，剑道部学员也有学习会，孩子们大部分时间都是跟原口一起度过的。

“参加剑道部也不耽误学习。”“剑道部真是能文能武啊。”听到人们这样的评价，原口得意极了。

另外,针对不断有人退出剑道部的情况,原口称其为“斗败的狗”，说她们“没骨气”。“这样的人，一辈子就只能围着失败打转。”“社团活动要是坚持不下来的话,以后到社会上也是白搭。”原口把中途退出的学员说得一文不值,对留下来的学员,他则表扬她们,说她们是“无比优秀的学员”。听了原口的话,早苗从心底涌出一股莫名其妙的优越感，并以每天低三下四地看着原口脸色行事为荣。

不久以后，体罚不断升级。有的孩子被原口从体育馆的高台上推下来，脚踝淤青；有的孩子膝盖肿胀；有的孩子颈部红肿，很多学员都受了伤。

“我之所以这么生气，就是因为对你们抱有太高的期望！”

见原口这么说，大家也都只好咬牙忍着。当其他的教师问起为什么会有淤青时，有的学员居然回答说是自己不小心摔的。

早苗回顾当时的心境时说道：“身上有淤青的人反而会感到自豪。在友谊赛上，我见其他学校的学生也都被教练打，所以就以为体罚是再平常不过的事情了。”

努力自然会有回报。在冬季的地区团体赛中，早苗所在学校的队伍最终拔得头筹。

第一次学狗叫

“让我们举起进军全国大赛的大旗！”“夺得奖杯！”伊藤早苗上了初二以后，常听到剑道部教练原口达也把这两句话挂在嘴边。

一天，早苗正在练习，听见原口喊自己的名字，连忙跟在原口身后，进了休息室。休息室是一间只有九平方米左右的狭小房间。原口一屁股坐在了宽大的沙发上，早苗则端坐在原口面前的地板上。

“知道我为什么叫你吗？”

“……因为该注意的地方我没有注意，训练不够用心。”

“为什么不用心？为什么该注意的地方不注意？”

“……”

面对原口接二连三的追问，早苗无论如何作答，对方总是一句“不对”加以否定。

“对不起，请您告诉我，我错在哪里了吧。”

在早苗的恳求下，原口给出了一个令人意外的答案：

“你之所以不能按我说的做，就是因为你太自负了。”

“我没有……”

“那你就转三圈，再学狗叫给我看看。”

“……”

这是怎么回事？早苗不知道原口到底是出于什么意图才让她这样做。本来严词拒绝才是正确的做法，可此刻早苗思前想后，头脑中一片混乱，一时间竟不知该如何作答才好。原口见早苗在那里犹豫不决，就叫来了与早苗同在初二且实力相当的响子。

响子刚进休息室，原口就命令她：“给我学狗叫！”

响子没有丝毫犹豫，当场原地转了三圈，“汪”地叫了一声。

原口问道：“你为什么能做到？”

“在老师的面前要能放得下自尊！”

原口让响子回去继续练习，转向端坐在那里的早苗说道：“她做得很好，你不行！”

“完了！我要是照做就对了。”

在那一瞬间，早苗心中非常焦急。她在回顾当时的心情时说道：“我当时非常吃惊，输给竞争对手的悔恨加上害怕原口老师发怒的恐惧，都通通交织在一起。我当时想，响子也是惹怒老师很多次，最终才得出了老师想要的答案吧。”

惊慌失措的早苗对原口说道：“我也能做到！”

“学别人有什么难的？你这样的不行，一辈子都得听别人指挥。”

“不是这样的！”

“怎么不是？”

早苗为了应付眼前的困境，头脑飞速运转着。

“我可以放下自尊，现在就唱一首歌。”

早苗这突如其来的回答，倒是让原口感到有些意外，于是命令早苗：“那你唱给我听！”

“盛开的郁金香……”

早苗知道自己的声音沙哑，也完全不在调上，但是她仍然唱得很卖力。她做的这一切都是为了让原口满意。听早苗唱完以后，原口心满意足地说道：“看来你为了能参加全国大赛，终于肯放下自尊了。”

“是的！”

“很好！这一点你要牢记在心。”

早苗依然端坐，以手杵地，低头行礼道：“谢谢老师！那我就先行告退了。”

这种莫名其妙的做法，就是后来的女学员们口中“仪式”的前身。

“通过自己的努力得出了让老师满意的结果，老师的指导也告一段落，我终于松了一口气。有些学员花了很长时间才完成考验，有的竟长达好几个小时。”

早苗的母亲惠子愤然说道：“让人原地转三圈，再学狗叫，这分明是想要学员像狗一样服从自己，让人失去尊严，这种行为实在让人难以接受。”

脱衣服

在体育馆内狭小的休息室中，剑道部教练原口命令初中二年级的早苗“舍弃自尊”，为了满足原口的要求，早苗唱了一曲童谣《郁金香》。此后又过了一两个星期，早苗再度被叫到了休息室，这回她以一首《青蛙的合唱》再次过关。

但是,原口是绝不会让她第三次也继续用这样的方法蒙混过关的。社团活动晚上 7 点结束，早苗正准备回家，这时她听见原口喊自己的名字:“伊藤！”其他成员都安静下来，向早苗投来同情的目光，留下一句“加油！”就各自回家了。

休息室中，原口坐在沙发上，早苗则像往常一样，端坐在他面前的地板上。早苗仰头望去，只见原口眼镜后面闪烁着恐怖的目光。

“或许这就是在控制他人的过程中得到极大满足的眼神吧。”早苗在回顾当时的情形时说道。

就像往常一样，他们之间的谈话是从剑道技术开始的。但很快，他们的谈话就转移到了精神方面，这一点早苗早就预料到了。

“为什么你就做不到呢？”

这句话原口也不知重复了多少遍。

“就是因为你不肯把自己赤裸裸地展现在老师面前。”

这可算得上是新鲜台词了。

原口继续说道：“你之所以不行，就是因为你不能完全信任老师，把一切都交给老师。”

“我相信您。我愿意把一切都交给老师。”早苗觉得只能这样作答。

“那你敢在我面前脱衣服吗？”

“我敢……”

对于早苗来说，拒绝是她连想也不敢想的。

“那好，脱吧。”

当早苗解开自己校服前襟的纽扣时，原口一把抓住了她的手。

“好了，已经可以了。从你的态度上就可以看得出来，你对老师是绝对信任的，以后继续跟着我吧。”

由于坐在地上时间太久，早苗的脚已经麻木了，她一瘸一拐地回到家。

从那以后，她又被叫到休息室数次，每次进去以后，原口都让她从里面把门插上。

同样的事情上演了两次、三次、四次……而每次原口制止她的时机都有所延后，最后，直到早苗全身上下只剩内衣。

“被男性看见自己的身体自然会非常害羞，可原口老师总是强调‘在老师面前不用介意’，我也就没把他当成男性看待。我从没想过老师会把这些事情跟性联系起来。现在回想起来，原口老师真是能说会道。”

这时原口抱紧了仅穿内衣的早苗，流着眼泪说道：“我明白你的心意了，我豁出老命也要好好教你。”

早苗见状，也感动得流下了眼泪。

当天，早苗回到家里已经是晚上 8 点了，母亲惠子十分担心，问道："今天怎么这么晚啊？"

"老师又生气了。"

原口让她脱衣服的事，她没敢跟自己的父母说。

"我不想把事情闹大。"早苗说道。

第一章中的智子也曾经说过同样的话。性侵害受害者往往都会说"不想把事情闹大"。考虑到受害者的感受，这实属是无奈之举，但是也正因为如此，加害者才得以逍遥法外。早苗认为，如果说出去的话，自己在剑道部肯定是待不下去了，说不定这样一来，就连学都没法上了。

"我当时一心只想参加全国大赛，所以我觉得老师让我脱衣服也是因为对我有所期望的缘故。但我觉得母亲是不会理解这种事的。"

早苗成年以后，觉得自己当初很傻，但在当时，她却是认真的。

"我要是说出来的话，不光自己在剑道部待不下去，还会给其他学员添麻烦，所以这件事我根本就说不出口。"

那天晚上，早苗不自觉地流下了眼泪。为了不让父母发现，早苗只能躲在浴室里偷偷地哭泣。哭过以后，他跟父母说出去练习，就带着竹刀出去了。

她挥动着竹刀，眼泪又掉了下来。

不能跟父母说

早苗上初中时，在体育馆的休息室中被脱得只剩内衣的女生并非只有她一人。很快，剑道部的 6 名正式成员就都接受了这种性骚扰与暴力相结合的“仪式”的洗礼。

“要想赢得比赛，就必须要和老师保持心性合一。”“要想如此，就必须放下自尊，将自己的身心毫无保留地展现出来。”“所以说脱得只剩下内衣也是理所当然的。”原口微妙的三段论，轻易就让女初中生们奉若信条，这着实让人有些不可思议。她们谁也不告诉自己的父母，就这样，这个“仪式”得以持续了相当长一段时间。

原口对学生之间的谈话内容也非常敏感，因此剑道部学员之间虽然互相鼓励，但互相之间却谁也不能透露“仪式”的详细内容。

等到“仪式”结束，早苗准备回家时已经是晚上八九点钟，她一个人到教研室还钥匙的时候，总是先把眼泪擦干，尽量不引起教研室中其他老师的注意。但是，难道就真的没有一个人注意到她脸上痛苦的表情吗？

“老师们没有一个人问过我。”

遭到如此的对待，为什么没有人向家长反映呢？这个谜底的关键，在于原口巧妙的封口方法。从某一天开始，原口突然不再训斥早苗了。

“我开始不安起来，难道老师对我不抱希望了吗？”

“他平时总说，对我们发火，就是因为对我们有所期望。”早苗说道。

反之，如果不加斥责，是不是就对她不抱希望了呢？训练结束后，早苗来到了休息室：

“您怎么不对我发火了呢？”

“因为你什么话都跟自己的父母说。”原口冷冷地说道。

“我所能想到的就是……”母亲惠子努力从自己的记忆中寻找着答案。

当时由于训练特别严苛，早苗曾经晕倒过两次，还到医院做了检查。惠子觉得训练方法有问题，就跟学校方面交涉，要求校方将其认定为事故，并要求校方支付早苗的治疗费用。

“我这样做的初衷就是想警告学校。我觉得或许经过这件事以后，训练就不会那么严苛了。”

原口之所以这样说，肯定就是针对这件事。

面对这种情况，早苗感到十分焦急，她竭尽全力，试图博取原口的好感，比如说去其他地方参加比赛或者训练，原口驾车时，她就坐在副驾驶的位置；要是坐地铁，她就坐在原口的身边。

只有他们两个人的场合，早苗就会乞求原口：“我什么都没对家长说，您就训斥我好了。”

原口终于点了头：“既然你信念这么坚定的话……”

像这样乖张的事情原口曾经做过好几次。

家长们对孩子们“剑道部就是生活的全部”的状况十分担心，于是就在家长会上提出每周至少让孩子们休息一天的要求。原口显得十分通情达理，当场就说“既然大家都这么认为，那就照办吧”，随后就对学员们大发雷霆，说什么“我再也不管你们了”。

面对这突如其来的紧急事态，学员们都慌了神，赶紧通过电话互相联系商量对策。见到这种情况，惠子有些于心不忍，就不得不再次找到原口，说希望按照原定计划进行训练。数日后，剑道部恢复了训练，还是像以前一样，没有休息日，每天只是一味地练习。

“我终于明白了，原口把孩子们当成人质，只要家长们稍有批判性的言论，孩子们就要遭殃了。所以家长们就什么都不敢说了。”

直到现在，惠子仍然在自责：“我一直以为她有什么话都会对父母说，可是原口老师却不让她对我们说，所以有什么事她根本就没法说。是我疏忽了，没有留意到女儿身上发生的变化。”

极度苦恼，曾想到过自杀

原口将早苗的“仪式”不断升级，即便早苗脱得只剩内衣也已经满足不了他的要求了。

“想要进军全国大赛，就要有超过老师的决心。我们来比一场吧。”

“是！”

“谁先把对方按倒在地上就算赢。”

于是在上了锁的休息室里，上演了一场又一场不可名状的，类似美式摔跤的格斗比赛，谁将对方按倒在地就算赢。结果是无论怎么比，胜者都是原口。

“在比赛当中，即便没有我的指示，你也要知道该怎么做。要做到这一步，平时就要做到心意相通。”

说着，原口伸出了自己的中指：“含在嘴里！”

原口不让早苗有丝毫犹豫的机会。早苗只好与原口对视着，毫不迟疑地将他的手指含在嘴里。

有时原口还会将脱得只剩内衣的早苗抱在怀里，问她：“你能把你的处女之身交给我吗？”

“能。”

早苗当然不认为原口真的会这样做，但她的回答似乎只有这一种选择。

“我觉得恶心极了。这件事直到我退出剑道部，都始终没敢告诉其他学员。”

还有一次，早苗发现有一个女学生的额头上起了一个大包，追问之下，那个女生终于道出了实情。

原来在前一天，原口问她：“是不是老师说什么你都照做？”她不假思索就回答说：“是。”没想到原口接下来的问题却更加过分：“我让你死，你会去死吗？”

她仍然回答“会”，然后就用自己的头撞铁架子，撞了几次之后，原口才出手阻拦。

女学员们生活上的一切全都掌控在原口手里。原口要求学员们能够“文武双全”，并且让她们制定考试目标。有一次早苗的成绩没能达到自己制定的目标，即平均九十分以上，就被原口收拾得倒地数次，浑身淤青。

剑道部学员绝对禁止交男朋友。原口告诫学员们：“优秀的学生不能和那些下三滥的货色来往。”如果有谁胆敢交男朋友的话，原口就会将其从参加全国大赛的候选名单中剔除。他甚至还对与男生交往的学员大喊：“我跟你男朋友，你到底选谁？”“老师就是你唯一的恋人！”最后，那名学员跟她男朋友分手了。

“你们所做的努力，你们的家长是永远不会理解的！”

这句话原口不知说了多少遍，早苗居然也对此信以为真。即便是训练再苦，“仪式”再可怕，早苗都不会跟自己的父母说。这是她跟原口之间的约定。

“我觉得只有原口老师才真正理解我。原口老师把我的一切都看在眼里，他是唯一可以信赖的大人。”

“我觉得很辛苦，甚至想到过一死了之。我曾经坐在十四楼的阳台栏杆上，用一只手撑着天棚，一只脚已经跨了出去……黑暗在我的眼前蔓延，死亡就近在咫尺。除此以外，我还用美工刀划过自己的手。

“我觉得只有死才能让自己脱离苦海。”

三年级那年的夏天，早苗终于熬出了头，她们打进全国大赛。学员的家长们纷纷从外地赶往比赛现场声援。早苗的剑道部生活也就此画上了句号。

早苗毕业典礼之际，她的母亲惠子从剑道部其他成员的母亲那里听说：“我曾经就让孩子脱衣服的事向原口老师抗议过，原口老师承诺在举行‘仪式’的时候不再插门。”

“这样的话应该没有问题吧。”惠子只得这样安慰自己。

其实那时原口已经承认自己强迫女学生脱衣服的事实。对此，他辩解道：“舍弃自己固守的事物，进入‘无’的化境，剑道才能精进。”“这是为了建立彼此之间的信赖关系。”他当时已经不再掩饰强迫学生脱衣服的事实，学校方面要是采取相应措施的话，悲剧可能不会发生了。

但学校方面的态度却是睁一只眼闭一只眼，直到后来，原口干脆对事实矢口否认。

毕业后仍然被原口所控制

上了高中以后，早苗对自己初中时代在剑道部的遭遇感到很迷惘，并为此苦恼不已。她把自己的烦恼讲给了自己的朋友，那个朋友对她说："这家伙真变态！"

早苗觉得自己受了重重一击。原口和她们经过多少努力，流过多少次眼泪，熬过了多少艰苦的训练，才闯入了全国大赛。要让她将这一切全盘否定的话，她宁愿选择不去思考此事。

毕业以后，原剑道部学员们在精神上仍旧被原口控制着。

"其他学生经常过来汇报近况，可就是总也不见你来。"

见原口这样说，早苗即便是心里不愿意，却也不得不时常向原口汇报自己的高中生活及高考备考的情况。

"要是长时间不联系的话，见面他就会说一些很让人讨厌的话。"

直到她考上关东的大学，离开关西，远离原口，终于可以冷静地思考一些问题的时候，心里不禁泛起了许多疑问：

"想要心灵相通，就一定要关在小屋子里做那种事情吗？既然是光明正大的事情，又为什么不让我跟父母说呢？"

正是因为有了这些疑问，早苗才趁着放暑假回家的机会，毫不犹豫地跟母亲惠子说明了一切。

一年半以后，早苗听母亲惠子说她已经告到市教育委员会的时候，不禁吃了一惊：

“你怎么能不跟我商量一下呢？有必要这样做吗？”

她对母亲的做法感到不满。那时她还在袒护原口。但是当她听说在校生仍然在遭受性骚扰，而且性骚扰的手段与当初的“传统仪式”如出一辙，而原口却对这一事实矢口否认时，她的态度发生了转变。早苗一直认为对原口来说，自己那届学员具有相当特殊的意义，所以才会举行那样的“仪式”。

“我们都以为，他是因为对我们那一届学生有特殊的感情，所以才会以那种奇怪的方式表达出来。”

对早苗来说，与其说是在袒护原口，倒不如说是在袒护她自己。因为如果她们的“仪式”只是源于原口的兽欲的话，那么她们对原口的感激之情也将消失得无影无踪，她们自己也将沦为原口发泄兽欲的牺牲品。

“如果后来的学员也有这种仪式的话，那就说明我们并不特殊。曾经那么努力，曾经带我们进军全国联赛，给我们留下那么多美好回忆的原口老师的形象在一瞬间崩塌了。”

原口升任教导主任这一事实，证实了他口中的“我对当官不感兴趣，教师本来就应该活跃在教育第一线”是彻头彻尾的谎言。早苗她们所取得的成绩，也只不过是原口升官发财的跳板罢了。

早苗对此觉得懊悔不已。

早苗认清了原口真正嘴脸的同时，也明白了“仪式”的真正用意。曾经接受过早苗咨询的高中老师也说：“这种人还会对其他人实施猥亵的，总要有个人站出来。”早苗这才下定决心，向市教育委员会举报此事。

早苗鼓足了勇气，向市教育委员会陈述了原口的种种行为。原口的行为一直不断升级，在上了锁的房间中，他先是命令剑道部学员转三圈学狗叫，又让她们脱衣服，最后伸出自己的中指命令她们含在口中。接着，她又指证原口像操控邪教的信徒一样控制学员们的思想。听到这里，教育委员会的工作人员说道：“身为原口的同行，我感到羞耻，并为教师当中出现这样的人深感歉意。”

然而就在早苗刚刚完成对原口的指证，还没来得及喘上一口气的工夫，她就接到了市教育委员会的通知，说原口仍旧矢口否认。

早苗绝望了。

受害情况问卷调查

早苗的母亲伊藤惠子对市教育委员会给出的“由于没有确实的证据，不予处罚”的答复并不满意，仍在努力寻找证人。

直到她偶然间从一位在校生的母亲那里听说了这样一件事：

这位母亲的家在一栋高层住宅中，从她家可以望见学校的体育馆。一天，体育馆的灯都已经熄了，却还不见自己的女儿回来，直到很晚，女儿才哭着回了家。之后不久，原口打来电话，说孩子的情绪很低落，让家长什么也不要问。后来，她女儿晚归的次数不断增多。有一天，女儿突然说自己可以成为剑道部的正式成员了。虽然女儿什么都不肯说，但据其他学生家长所言，她应该是遭到了性骚扰。

这位母亲一开始还说要到市教育委员会作证,可数日后又反悔了，大概是听了别人的劝告之后又改变主意了吧。

天无绝人之路，对原口的指证，有些毕业生的家长表示，愿意到市教育委员会作证。惠子先后跑了很多次，市教育委员会终于决定针对早苗那一届毕业生进行问卷调查。通过问卷调查，又发现了新的受害者，但原口仍然不肯认罪。

于是惠子要求对在校生的受害情况进行调查，市教育委员会却以“其必要性值得商榷”为由，始终不置可否。

“市教育委员会实在是靠不住。向其提供新的资料后，才不紧不慢地开始行动。给出的答复也总是‘由于当事人否认，事实关系不清’。”

当然，市教育委员会也有市教育委员会的说法。在谈及调查原口情况时，因为惠子要求市教育委员会不得提出具体的时间以及具体哪些人受害，导致缺乏决定性的证据，所以无法对原口进行问责。之所以如此，是因为惠子害怕原口对举报人实施报复。

市教育委员会方面的观点是，像这种私密行为，如果当事人矢口否认，在没有其他证据的情况下，很难对其进行处分。负责接待惠子的工作人员给出了“只有列举出受害人姓名，才能让他不再狡辩”的建议，但惠子认为即使这样，原口也不会承认，就拒绝了这位负责人的建议。惠子有她的想法，如果原口得不到应有的惩罚，那么这样做的结果也只是让受害人徒增被报复的风险。她只是反复向市教育委员会说明：“受害者不会说谎，请相信孩子们的证词。”双方各持己见，僵持不下。

至此，我不禁心生疑问。原口在如此长的时间内，对众多的学生多次进行猥亵，难道学校方面就丝毫没有觉察吗？在众多的校园性骚扰事件当中，有些教师即使觉察到同事的行为异常，但考虑到自己的立场，选择缄口不言的也不在少数。

我问惠子：“难道没有其他老师注意到这种情况吗？”

“学校里的情况我也不是十分了解，原口老师调到别的学校去当教导主任以后，由一位外聘的老师继任剑道部教练，他问了学员们很多事情，应该对实际情况有个大概的了解……”惠子一边回忆当时的情况，一边说道。

那位男性教师曾经对自己的家人提起：“剑道部的情况似乎有些不对头。”其家人又跟惠子的熟人说起了这件事。惠子得到这个信息后，又向教育委员会提出了“直接向那位教师确认具体情况”的要求。

可当市教育委员会找到那位教师的时候，他却推说“自己根本一无所知”。

“如果那位老师能够将从学生们那里得到的信息反馈给教育委员会的话，那情况将会大不一样。”

学校里有知情人，但就是不肯为孩子们作证。面对这样的现实，惠子显得十分沮丧。

升任教导主任一年以后，原口突然被调离教育第一线，进入教育中心工作。很多地方的教育委员会都设有教育中心，是教师研修计划制订及实施的机构。很多出现问题但尚未查实的教师经常会被临时调到教育委员会。在很多事件中，当事人就是经过频繁的人事调动，最后被发现有严重问题的。这种情况并不少见。然而只有在问题发生之后，人们才会问:“为什么没能对此类事件进行及时处理呢？”该事件的处理办法只是单纯把原口调到了别的机构，这样的结果对伊藤母女来说实在难以接受。她们认为等到事件降温之后，原口还会回到学校里，继续做同样的事情。

市教育委员会一共针对此事进行了数十次的调查，累计时长达四五十个小时。惠子问及结果时，每次得到的答复也只是原口拒不承认，而且他的态度也开始变得强硬起来，并且请了律师，威胁说："如果再纠缠不清的话，我就要提起诉讼了。"

"我方的律师认为，如果对其进行处罚，加害者认为处罚有问题，提起诉讼的话，我们肯定会败诉。所以调查也就无法继续进行下去了。"

市教育委员会的负责人陈述了上述理由后，宣布调查结束。惠子十分焦急，因为这样一来，会让别人觉得自己是在无事生非。恰逢此时，市教育委员会开始引入第三方仲裁制度，即由律师等组成的救助小组作为第三方机构，介入校园事件的调查。专家小组也建议继续对原口进行调查，可市教育委员会方面却无论如何都不想将调查进行下去了。要想让原口承认事实，看来只有诉讼这一条路可走了。

声援原口的家长们干扰诉讼

由于自己的女儿早苗上初中时遭到剑道部教练原口的猥亵，惠子将市教育委员会及原口告上了法庭，要求其进行民事赔偿。原告除了惠子，还有真由和美雪。

“声援原口老师的家长们多次让我不要将其告上法庭，撤销诉讼。”惠子叹道。

“三位在校学生的母亲一起来找我，其中两人说‘老师绝对不会做出那种事’，而另外一名家长则说‘我也听说老师做了一些过格的事，但他也非常热心地指导孩子们，按常理不应该起诉他’。还说‘日后让老师给你道歉，让他拿钱赔偿，请你撤诉吧’。”

在某些闯入全国大赛的学校中，教练即使有什么问题，学生家长也会声援教练，袒护教练，这样的例子屡见不鲜。“你这不是恩将仇报吗？”“你非要给别人辉煌的业绩抹黑吗？”声援原口的家长们反复诘问惠子。

刑事诉讼的重心是法庭上的论战，而民事诉讼的重心则是“文书大战”。在此案中，双方都向法院提交了许多文件。原口向法院提交了包括早苗在内的剑道部成员其乐融融的照片、各种感谢信和新年贺卡等。

“性骚扰根本不存在。”“作为一名毕业生,为什么要在这时才提起诉讼?”在校生也纷纷提交了陈情信。

“此番事件就是她对如此优秀的教师的报答吗?老师、她自己、我们在校生、家长还有学校经过长期努力换来的成绩，全都因为她的一纸诉状化为乌有，我们感到无比的愤慨与遗憾。”

这些陈情书，都成了有利于原口脱罪的证据。

对此，早苗感慨道:“说起这些在校生写陈情书的理由，不由让人觉得心寒，但他们的心情我能理解。”

据一位母亲的“实情调查”的结果显示，剑道部不存在性骚扰现象。在最后的结论中，她对原口持袒护的态度:“没有什么大不了的，难道不是只有伊藤的母亲一个人在大惊小怪吗?”

在这些陈情的背后，其实都是原口在捣鬼。原剑道部成员曾经跟早苗说起过，原口曾经给她打电话说:

“有人要陷害我,无论别人问你什么,都绝对不能把当时的事情说出去。要是闹大了的话，对你们也没什么好处，因为这样一来参加全国大赛的努力就白费了!”

“有什么话跟律师说吧”

就在开庭之前，我曾经试着采访原口。首先我得想办法见到他。当天晚上，我去了他家。这片住宅区虽然离闹市区很近，却十分安静。我按响了一家院落的门铃，他的妻子说他不在家。过了一会儿，我又按下了门铃，得到的答复依然是不在。无奈之下，我说了一句“我把名片放在信箱里了，我不想让我的采访只有单方面的片面之词，所以想听一听他的意见，麻烦您帮我转达”就离开了。

隔日，我又去了原口新的工作单位——教育中心。前台一位男性工作人员告诉我：“现在是午休时间，他出去了。”然后他又问我有什么事，我答道：“您就跟他说池谷有事找他，他就会明白了。”我又等了一会儿，忽然发现有一个貌似原口的人走了过去。“原口老师！”那人见有人喊他，顿时面露怯色。就是他！我边走向那人，边作自我介绍：“我叫池谷。我能问您一些事情吗？”

大概是怕聊天内容被单位的其他同事听到不太好的缘故吧，原口将我带到了另一个房间。我们在沙发上面对面坐好以后，气氛顿时变得紧张起来。

“距离开庭审理的日期越来越近了，我想再了解一些有关这个案子的情况，如果能跟当事人直接对话，那是最好不过的了。由于您对对方陈述的事实持完全否定的态度，我觉得如果不对双方当事人都进行采访的话，恐怕很难写出公正的新闻稿。我也问过律师了，但律师好像也没能完全掌握所有细节，所以……”

“嗯。”

“您的观点就是对方所说的完全与事实不符？”

“对。”

“真的是这样的吗？”

“对 。”

原口的回答只有“嗯”和“对”之类的简单字眼,大概只有这样，才绝不会露出破绽吧。但其严防死守、绝不认账的姿态已经显现无遗。

没想到当我再次提问的时候，原口却突然变得健谈起来，但其谈话内容无非是反复强调“有什么事就问律师吧”“不方便表态”之类的,就是不正面回答我的问题。虽然他的谈话中没有什么实质性内容，但谈话过程可谓是巧舌如簧，这验证了早苗所说的“原口老师十分能说会道”这一事实。

以下是我与原口的谈话情景再现。

首先，我要对原口的态度进行确认:“一直以来，您都对自己主动将学生叫到休息室进行单独指导的事持否认的态度，对吧？”

“对。”

“那么就是学生主动来到休息室，接受您的指导了？”

“因为这个案件还在审理当中,所以暂时不方便说。律师也告诫我‘尽量不要表态’。这些都是今后在法庭上，有律师在场的情况下应该讨论的问题。我要是表态的话，那么这家媒体说东，那家媒体说西，即便是同样一句话，角度立场不同，就有不同的理解，很容易让人产生误解。您要是无论如何都要讨个说法的话，那恐怕只能由我的律师来答复您了。我认为，因为人都是有感情的，所以在写评论的时候，我说一句话，您就难免会带着自己的立场观点对这句话进行解析，借此来表达您想要表达的东西。我的律师也说了，他既然作为我的代理人，就一切都由他来应对，所以您要是还有什么要问的，就由我的律师来答复您吧。”

我当即向他表明了我的态度："我只是想让民众知道事实的真相。”

“我觉得这种事在法庭上当庭确认是再合适不过的了。”

我感觉我问的每一个问题都像是一拳打在了棉花上。但好不容易见到了他，自然是不能就这么善罢甘休，所以我下定决心一定要问出点什么再回去，于是我又抛出了一连串的问题：

“原来如此。但是我还想问一下，这个案子恐怕会给您的整个人生都造成很不好的影响吧？对方是诬陷也好，捏造事实也罢，但是您有没有想过，她们为什么要设计这么多细节来陷害您呢？对方的目的很明确，您对此有什么想法或是不满吗？如果有的话，恐怕您会有很多话要说，以此来证明自己的清白吧？基于上述考虑，我非常想听听您的想法。”

对待原口只能以虚对虚。但这招对他似乎也不起作用。

“这些话即便是对媒体说了也不起丝毫作用，所以我只能借律师之口在法庭上说。关于这些话，律师的说法是‘有些话跟别人说，会惹来不必要的麻烦，所以这些事就都交给我吧’。所以我不能通过媒体跟她们斗，胜负只能在法庭上见分晓。律师说过‘如果有些话非说不可的话，就一定要通过律师来说’。试想如果好几家媒体都过来采访，而发布的内容要是各不相同的话，岂不是对我很不利？难道不是这样吗？”

我一面迎合自负的原口，一面考虑该从哪里找到突破口。我决定先列举一个具体事例，来观察他的反应。

“那我们就先不谈细节。”

“好。”

“有人说您在休息室中，让学生脱得只剩内衣，还让她们转三圈学狗叫，有这样的事吗？”

面对我的质问，原口有些慌张，不断以“这个……”“所以嘛……”等毫无意义的言语遮遮掩掩。

“所以说……这个问题要由我的律师来回答。要是跟你说了的话，你要是净写些对你自己有利的报道的话，我可就要倒霉了。”原口回答道。

我们二人针锋相对。

“就算你到工作单位来找我……到上班时间了，铃声马上就响了。我很忙，希望你不要再到单位来。咱们说好了啊，以后不要到家里和单位来找我。”

这次他的回答完全没有实质性内容，却也不逃避，只是说一些客观的话来应付我。

对于原口的要求，我则以提问的方式答复他：

“虽然您现在拒绝接受采访，但我还是会继续追踪下去，庭审时我也会到场。今后如果条件允许的话，我还要对您进行采访，比如您陈述完自己的主张之后，或者法院判决结果下来之后，等等。如果到单位或家里找您会给您带来困扰的话，您能留个手机号码或是其他的联系方式吗？”

“恐怕您只能和我的律师取得联系了,因为这个案子还没出结果。”

“那要是庭审结束,律师完成其使命之后呢？在那之后我希望仍然能和您联系上，我还有很多问题要问您。”

“到时候再说吧。现在我也不知道该怎么办才好。”

原口终于找到个机会甩开了我的穷追猛打。

经过三十分钟的交锋之后，我别无他法，准备说完最后一句话就撤退。

“没能向您请教相关细节，实在是遗憾，以后再有机会的话……如果现在不方便说的话，等以后方便说时，还要向您讨教。”

“好。可以。”原口含糊其词地答应着，又补充了一句，“以后不要再来我的工作单位找我了，好吧？”

他一贯是那么强硬，学生和家长在他面前根本就硬气不起来。我尽量客气地说道：“这恐怕办不到，不过我会想办法不让您为难的。”

再问下去也不会有任何结果的，于是我起身告辞。

我简直疲惫至极。我们之间的关系，也就是对事件进行采访的记者与加害者之间的关系而已。

原口对于早苗来说是恩师，是学校社团的教练，是值得信赖的导师。像这样拥有绝对权力的男人，居然对如此信赖他的女初中生做那样有悖常理的事，实在是罪不可赦。

庭审结束以后，我因为要写这次事件的评论，就又与原口的律师取得了联系，希望能够对他进行采访，但得到的答复很干脆：“我的当事人并无此意。”

站在证人席上

这一天终于到来了。提起诉讼的早苗、真由和美雪三人来到法庭为自己初中时被侵害的案件作证。被告原口坐在旁听席上，等待出庭陈述证词。首先站在证人席上的是早苗。

“你认为被告是个怎样的人？”原告方的女性律师问道。

“他是个非常优秀的老师，我很尊敬他。”早苗答道。

“被告否认对学员进行过体罚，在他看来，那只不过是严格的训练而已。”原告方律师继续提问。

“不是这样的。除了训练，还有体罚。”早苗回答得很干脆。

“那你为什么不退出剑道部呢？”

早苗努力回顾当时的情况，说道：“只因为老师说退出剑道部的人是‘斗败的狗’，还说这种人‘一辈子只能围着失败打转’。”

原告方律师又针对原口的“尊重学员的自主性”这一主张进行提问。

“原口老师指导方法有何特点？”

“他不会直接下达指示，而是采用通过语气语调等加以暗示的方法进行指导。”

说白了，就是必须要和他保持步调一致才行。

原告方律师问道：“能说得详细一点吗？”

为了能使大家明白，早苗举了一个事例：

“休训的前一天要是训练得不理想，并且还不主动找老师要求训练的话，他就会非常生气，然后直接离开。”

原告方律师不解其中含义：“应该继续训练还是该回家休息，他的意思是让你们自己体会吗？”

“是的。我们每天要先察言观色，然后再考虑该怎么做。”

接着，原告方律师的提问涉及了问题核心，她问起了原口命令学员们在休息室中转三圈再学狗叫的事情。

“被告说自己从来没主动把任何人叫到休息室里。”

“一开始绝对是老师把我们叫进去的。但是后来我们有时是自发去的，有时是意识到可能老师会生气，所以才过去的。”早苗回答道。

原告方律师还确认了脱衣服的大致经过：“被告在其陈述书中写到，有些学生说过‘让我去死的话，我也会去’‘让我脱衣服我就脱’，这些都是她们自发的行为。请问这是事实吗？”

“不是这样的。没有人会主动跑到男老师面前，说‘我要脱衣服’。是他在休息室中让我们脱衣服，我们非常害怕，另外还有出于对老师的信任，才不得不脱。”

这时被告方的男性律师发言，说原口已经调到了教育中心，问早苗是否还会要求对他进行处罚。

“我听说他还有可能再次回到学校。如果他在法庭上矢口否认就能够蒙混过关的话，以后他还会做这种事。这样一来不但学生们会深受其害，对教育事业的未来更为不利。”

被告方律师拿出原口与剑道部学员的合影，照片中的人物看起来很快乐。律师语气中充满了鄙夷与不屑："说那些回忆让你生不如死，但我看了这张照片以后，无论如何我都不会相信。"

"原口老师平时很风趣。但是在休息室里他却完全是另外一副样子。照片不可能拍下所有的事情。"

早苗说出直到上了大学才对母亲说明这一切的原因：

"我自己要是生了孩子,我也想知道在自己女儿身上到底都发生了什么事，如果我的女儿瞒着我的话，我也会觉得很难过。所以我才会想到把这一切都说出来。"

积压在早苗心头多年的往事，这次终于全都说了出来。

原口一句“去死吧！”，她径直走向窗边

在某初中剑道部教练猥亵案的审理过程中，早苗首先陈述了自己的证词，接下来由真由和美雪分别陈述自己的证词。

真由陈述了自己在剑道部教练原口的命令下，脱得全身只剩下内衣，因为原口一句“去死吧！”，她竟然走向窗口，试图跳下去。接着，她又陈述了自己被洗脑后的心理状态：

“要想进军全国大赛，就要跟老师心灵相通，当时我竟然认为这样做，会有助于培养坚毅的精神。”

当时，美雪想把别人遭受侵害的情况告诉自己的父母，但始终没能说出口，直到自己也被强迫脱去衣服以后，这件事她就再也说不出口了。

“当时，我不想承认自己也是一名受害者，我的心理状态发生了转变，我开始在心里为自己辩白：‘那是我为了将自己的心赤裸裸地展现在老师的面前，才主动脱衣服的。这根本就不是什么猥亵。’”

这就是美雪当时的心理状态。

在市教育委员会的调查中，原口一直否认自己有猥亵行为，在此

次审理过程中，他在陈述书中屡次强调“我感到十分困惑”。在法庭上，他还自言自语地抱怨说:“我本来还以为自己能够以校长的身份出席学生们的婚礼呢。可如今被解除了教导主任之职，调到教育中心工作，看来我这个梦怕是难圆了。”

但是，随着原告的证词越发具体，他再也无法继续狡辩下去了。

在这次庭审上，他反复强调:“学生们为了讨好我，争相在我面前表现自己，而且她们之间的竞争愈演愈烈，有的说肯为我而死，还有的说肯为我脱衣服。”这些都是他在市教育委员会的调查中没有提到过的。他本来是想表达学员们想积极表现自己，所以才表现异常，可这完全不合逻辑。

直到原告陈述结束，他还一口咬定虽然学员们有的肯为他而死，有的肯为他脱衣服，但这一切并未付诸行动。

终于轮到原口陈述证词了。他首先强调的是他殴打学员的目的不是体罚，而是为了对其进行指导。

“我打她们就是为了警告她们做得不对。”

如果此案发生在大阪市立樱宫高中的男生因不堪体罚之苦而自杀的事件之后，或许原口就不会这么爽快地承认殴打学生了，因为自从那次事件发生后，社会上对于体罚的看法发生了很大转变。

根据文部科学省的规定，殴打学生毫无疑问是属于体罚范畴，但原口却拒不承认自己是在体罚学生，他认为“这是指导而并非体罚，因此他并没有对学生进行体罚”，他的观点明显与文部科学省的规定不符。

或许是由于在家长们的支持下，他在比赛中多少取得了一些成绩的缘故，他才会认为“只是随便打两下根本就不是问题”吧。

面对原口对其猥亵行为拒不承认的情况，原告方律师问道：

“有没有学生在休息室里对你说过‘让我做什么都行’？”

“应该有吧。”

接着原告方律师又一一列举了他在休息室中的所作所为，他都矢口否认。

“你让学生唱歌了吗？”

“没有！”

“你让学生转三圈学狗叫了吗？”

“没有！”

“你让学生含住你的手指了吗？”

“没有！”

接下来的问题原口却没有否认。

“是否有学生说过‘让我去死的话，我也会去’？”

“有。”

原告方律师继续追问道：

“那有学生说要自己脱衣服的吗？”

“有。”

“那你觉得她们为什么那样说呢？”

原口好像突然间慌了神，答道：“可能是受到了惊吓，或者是精神上有什么压力吧。”

原告方律师继续问道：“那你问过她们为什么会这样做吗？”正常情况下，但凡教师遇到这种情况，肯定会问：“你为什么跟我说这些？”

可原口却回答："我没问。"

他也只能这样回答，因为他真的没有问过。

原告方律师继续追问道：

"大概是因为你说了'把你的心赤裸裸地展现在我面前''能把你的一切都交给老师吗'之类的话，她们才会作出这样的回答吧。这样的话，的确是没有必要再追问了吧？"

面对原告方律师推理性的质问，原口虽然否认，但一时间却又找不到借口：

"……不是这样的。根本没有的事。"

完全是答非所问。

原口在其陈述书中，指摘原告方的陈述"过于夸张"。

被问得无言以对

早苗等人就初中时被剑道部教练原口猥亵一事提起诉讼，原口在法庭上当庭对自己的行为矢口否认。原告方的女性律师问道：

“曾经有学生跟你说过，可以为你而死吧？那么请你描述一下她在休息室中用头撞更衣柜时的情形吧。”

“她进门就跟我说对不起，我大声训斥她，让她回去，她就说‘我去死’，然后就用头咚咚地撞更衣柜，我连忙拦住了她。应该撞了大概两三下吧。”

原告方律师低头看了看原口提交的文件，问道：

“在你的陈述书中写着，有的孩子说‘让我去死，我也心甘情愿’‘让我脱衣服都行’，但是都没有付诸行动，是这样的吗？”

“是的。”

当原告方律师追问“已经付诸行动了吧？”的时候，原口只得承认。

就在这时，原告方律师乘胜追击：

“其中有些内容跟事实不符吧？”

被击中“要害”的原口已经不像一开始那么嚣张，却还在狡辩：

“可能是我表述得不够清楚……”

原告方律师却不给他一丝狡辩的机会：

“你这不是信口开河吗？到底有没有付诸行动？”

“……你这样说的话，或许有所出入。”

“那么说‘让我脱衣服都行’的那个孩子已经开始在你面前脱衣服了吧？”

“不，我制止她了。”

原告方律师的追问丝毫没有停下来的意思：

“你制止她了，说明她已经开始脱了吧？并不是说完话以后站在那里一动不动吧？”

“我彻底制止了她。”

胜负已分。这时裁判长插话道：

“既然你说自己制止了，那就说明该行为已经发生，有必要进行制止。”

接着，原告方律师的提问又给原口补了一刀：

“在什么情况下，她才说了‘我去死’？”

原口的回答简直是答非所问：

“那时我也只能训斥她说：‘你回家去吧！’”

“这些你已经说过了。”

原告方律师又换了个话题。

“她用头撞了更衣柜以后，又发生了什么事？”

“没有发生什么事。”

“没有通知她的父母吗？”

“没有。”

“初中生在你面前有自残的行为，这难道不需要通知其家长吗？”

原告方律师的疑虑原本就是人之常情。

“我当时的确没想那么多。”原口也只能这样回答。

接着，原告方律师又提及了早苗等人的证词。

“刚才三个学生的证言你都听到了吧？”

“是的。”

“她们在说谎吗？”

原口恬不知耻地答道：“是的。”

原告方律师又针对原口在法庭上供认不讳，而在教育委员会的长期调查中其不肯承认的事实对其进行诘问：

“在教育委员会的调查中，你是否承认过有学生肯为你而死和肯为你脱衣服的事实呢？”

“没有。当时我没想起来。”

原告方律师的脸上露出一丝鄙夷的神色说道：“但是十年前的事情，原告仍能说得清清楚楚。”

原口回答道：“我没有她们那么好的记忆力，我已经无法记起十年前到底发生了什么。”

可以看得出来，原口此刻已经只有招架之功而无还手之力了。

见原口的回答前言不搭后语，早苗和母亲惠子暗自欢喜。庭审过后，说起这件事时，她们异口同声地说道：“律师干得真漂亮！”

关于未成年人为何难以拒绝来自成年人性侵害的问题，原告方律师引用了《儿童与性犯罪》（吉田贵子著，集英社出版）中的一段话:“从来都没有人告诉未成年人要敢于对有权力的人，尤其是成年人说不，我们只是一味地教导他们，无论大人们说什么都要言听计从。”强调未成年人在此类事件中的弱势地位，从而彻底推翻了原口的主张。

敷衍的处理方式让人感到愤慨

这起发生在中学里的猥亵案件，绝非仅仅是受害学生与涉事教师之间的交锋。听了女儿早苗的倾诉以后，伊藤惠子感到十分焦虑。她对市教育委员会的愤怒甚至超过了对加害者的怨恨。在法庭上，惠子首先说明自己原本对市教育委员会充满了期待，希望市教育委员会能够查明真相。

“不仅仅是一个学生出现了问题,在学校中发生这种多名学生连续受害的事件，居然没有一个人通知家长，这个事件的性质非常严重，我希望教育委员会能够进行调查。”

可结果令她大失所望，原口对自己所犯罪行加以否认后，调查就立刻陷入了僵局。这个案子的最后一幕，是惠子与市教育委员会之间的交锋。

“我们并不是警察。”市教育委员会的工作人员强调其调查内容受其职权范围所限。惠子对他们的这种态度十分不满。

“如果对被告作出处分决定的话,市教育委员会担心会因被告反诉而输掉官司，所以对我们的意见持全盘否定的态度。无论我们如何说明这样做会给学生和家长带来非常大的痛苦，市教育委员会的人就是无动于衷。”

市教育委员会对事件进行调查之际,惠子担心受害者会遭到报复,所以要求市教育委员会不要把受害者姓名及其他详细信息告诉原口。市教育委员会的负责人对法庭申明,这个要求严重阻碍了调查的进行。

“事实关系清楚以后才能对其进行处罚。首先,我们必须要掌握原口在什么时间、什么情况下，都有什么行为举动，以及为什么要这样做。原告方的以上要求给调查造成了很大的障碍。”

的确，对于受害学生与教师独处一室时发生的行为，我们很难查出其真相究竟如何。在调查过程中如果没有具体细节的支持，根本就无法撬开原口的嘴，调查也就很难进行下去。但是，面对众多受害者的控诉，原口极不配合的态度，任谁都会觉得其中必有蹊跷。

原告方律师认为仅此一点就可成为确认事实依据的凭证，但市教育委员会负责人却说“仅凭这一点无法成为对其进行处罚的证据”。这与惠子“即便是不承认，事实也是黑白分明”的主张永远都不可能产生交集。

另外，惠子认为市教育委员会的调查方法也有问题。她认为调查对象不应仅仅局限于早苗她们这一届学员，如果将调查范围扩大至在校生的话，或许可以得到更多人的证词。对此，市教育委员会认为此举会“侵害被调查人的隐私”以及“侵害加害者的人权”,且即便进行追加调查，其效果如何尚未可知，基于上述两条原因，就没有扩大调查范围。

“学校与所在地区有着非常密切的联系，调查对象成年以后，如果这些事被传出去的话，将会给学校带来非常不利的影响，所以扩大调查范围实施起来有很大的难度。”教育委员会的负责人这样说道。

原来他更担心学校的名声受损。

市教育委员会中设有由律师等专家组成的第三方机构“救助小组”来专门负责解决性骚扰相关问题。惠子曾经向市教育委员会要求救助小组介入此案，但市教育委员会拒绝了她的要求。其中的是非曲直惠子与市教育委员会也是争执不下。市教育委员会的意见是“救助小组的第一要务是救助校园性骚扰事件的受害者，而非针对如何处罚教师”。这样的说法让惠子觉得非常难以接受。

惠子的最后一项主张就是想让大家对教育第一线的现状有所了解。

“我想强调的就是,学校里绝不允许发生这样的事情。孩子信任老师，有什么事都不告诉家长，如此一来，有什么问题家长都不能及时发现。在校学生与家长的亲子关系就是这样的，我希望有更多的人了解这种情况，尤其是老师。我衷心希望此类事件不再发生。”

惠子陈述完自己的主张，庭审结束。接下来就等待判决结果了。

原告胜诉，原口被免职

早苗控告初中时的剑道部教练一案，从开庭审理至今，她足足等了一年零五个月，终于等到了判决的日子。这时距她向母亲倾诉自己所经历的一切，已经过去了将近六年的时间。

判决结果宣布当天，法庭没有出现原口的身影。

法院命令市教育部门因“没能履行保障教育机构安全的义务”而赔付原告一百万日元，且认定原口有体罚及猥亵行为，宣布原告胜诉。

在判决书中，认定原口有用鼓槌殴打学生及用脚踢学生的行为，且此类行为属于《学校教育法》中严令禁止的体罚行为；认定让学生脱得只剩内衣的行为属于猥亵行为，且原口为了让学生顺从自己，竟然使用卑劣的手段来激发学生们的“自觉性”，因此被判有罪。

“他为了维护自己的绝对权威,使用‘糖果’与‘大棒’并用的手段，对学生进行误导。”

针对原口“衣服是学生们自己主动脱的”这一主张，判决书中指出:“这对初中女生来说是极大的耻辱，没有任何动机支持原告在没有受到侵害的情况下作出虚假的供述。虚假供述的细节不可能这么条理清晰。”原口一贯虚张声势，全面否定自己的罪行，但在法庭上却显得极为狼狈，审判人员抓住这一点，严厉指出原口“前后矛盾”及“庭上庭下表现不一”。

审判人员又将焦点落到剑道部学员的母亲对原口的行为表示抗议时，原口的辩解上。

原口主张：“当初并未明确否认，只是说这是指导的需要。”

另外，审判人员还得出“原口在市教育委员会的调查过程中，根本没有提及与当时有关的一切细节，向本庭提交的陈述书中也曾申明‘没有学生真正要脱衣服’，但在法庭上，他又陈述了有必要制止学生脱衣服的情况，这明显前后矛盾，女学生在男教师面前突然主动说自己要脱衣服，于情理不合。另外，原口完全不顾及在教育上所造成的影响，其行为实属不当”的结论。

早苗和惠子听到此处，不禁点头称赞。

市教育委员会没有提出上诉，判决成立。以此次判决为依据，市教育委员会终于对原口作出了免职处分。惠子母女长期以来的辛苦没有白费。此次判决中并没有说明原口究竟为何会对操控学生的行为如此着迷。对此，某初中教师说道：

“对于很多教师而言，没有什么比执教社团活动更有意义了。因为通过社团活动，教师可以让学生完全遵照教师个人的意志行事。如果在比赛中取得成绩的话，对教师本人肯定有利，这种满足感是科任老师无法体会得到的。”

庭审结束后，早苗松了一口气，可惠子却依然无法释怀。市教育委员会的态度自始至终都是消极的，惠子觉得这是个不容忽视的问题。

惠子认为，如果调查对象扩大到以往历届学生及在校生的话，那么历届学生乃至在校生都曾受害的事实必然浮出水面。

但是关于市教育委员会没将调查深入进行下去的问题，法院却表示“无法对其作出违法判决”。此次判决中认定市教育委员会的调查合理合法，认同其由于职权所限而无法扩大调查范围的主张。

关于第三方机构介入的问题，“由于该机构的首要任务是解决受害的在校生的救助问题”，所以不允许毕业生借助该机构对教师进行诉讼，所以并不存在任何问题。

因此，惠子既有胜诉的喜悦，又有未能如愿的失落。

“市教育委员会在调查过程中根本就没有尽到责任，法院为什么没有对其作出判罚呢？”

只能通过诉讼才能解决问题

“我实在无法接受这样的结果。”审判结束后，伊藤惠子在与声援者们举行的庆祝会上这样说道。

女儿早苗初中时的剑道部教练原口达也被判猥亵罪名成立，终于受到免职处分。但是关于教育委员会处理问题态度消极的诉讼请求，却被法院驳回。

审判过去多年以后，惠子依然无法释怀。

“虽然我不想这样,但却不得不通过诉讼来解决这个问题。即便如此，我的问题还是没有得到解决。教育委员会应该在解决问题的过程中认真查实事件的真相。”

惠子的怒火来源于教育委员会，女儿的矛头直指剑道部教练，虽然她们的目标各不相同，但她们渴望真相的心情是一致的。那么，除了提出诉讼以外，难道就真的没有别的路可走了吗?

“当事人是想让人们知道，这样的事情真的曾经发生过。”龟井明子强调道。

她也曾向此案原告伸出过援助之手。

“由于学校和教育委员会的能力有限,因此其调查未必能够得出令人满意的结果。但在这个案例中，市教育委员会应该让由律师等组成的第三方机构介入调查。当时恰好开始实施受害者救助制度，这实在是个难得的机会。”

最近数年，各地纷纷设立第三方专家组，用以调查因霸凌及体罚自杀事件的真相，这项制度引发了很多人的关注。

入江直子针对因教师矢口否认，教育委员会就不敢轻易对其作出处罚决定的现象则给出这样的解释：

“这是文部科学省下大力气狠抓的政策,但凡是对学生有猥亵行为的教师，教育委员会要立即对其进行处罚。就曾经出现过有些教师对所受处罚不服，向各都道府县的人事委员会申请复议，推翻原处分决定的案例。教育委员会担心的大概就是这个吧。”

教育委员会希望得到经得起仲裁考验的、较为缜密的事实依据后，再对其进行处分。入江认为,如果能够由专家组对事实加以判定的话，那么教育委员会就会对自己的处分决定充满自信。

这是一场艰苦的斗争，但惠子一路坚持下来的理由足够充分：

“社会上或许有很多人在遭受不公正的待遇后,放弃了为自己争取公正待遇的机会。但我不希望自己的女儿只是一味屈从权势，一辈子唯唯诺诺地活着。”

真相大白，原口也受到了应有的处分，可惠子仍然还有她的烦恼。

“这件事我真的做对了吗……一开始我是瞒着女儿举报的，结果还是把她卷了进来。此番举动还伤害了许多其他女学生。但是学校里出现这样的教师，我绝对不能坐视不管，作为一个母亲，我必须这样做。”

早苗对此也思绪复杂：

“很高兴终于真相大白，不过我很在意自己一直有些消极，反而我的母亲对这件事一直很愤怒。我非常感谢她。要是只有我一个人的话，我肯定不能坚持到今天。真高兴她能自始至终都和我站在一起。”

听了女儿的话，惠子叹了口气说道：

“女儿最初跟我说起这件事的时候，我不应该只是一味地恐惧、回避，而应该勇敢面对，应该问清楚到底发生了什么。但是为了不让女儿受到更多的伤害，我并没有追问她到底发生了什么。要是当初就开诚布公地跟她商量，积极解决问题就好了。”

知道自己的孩子成为受害者的家长的处境，真可谓是进退两难。惠子和女儿早苗的想法多少存在一些分歧，但有一点可以肯定，她用自己的行动，让真相浮出水面，也让许多跟早苗一样受害的孩子的心灵得到了救赎。

无声的角落

第四章 二次伤害

二次伤害

有人肯倾听，我才有勇气倾诉。
我想让我身边的大人们知道，
有必要去倾听孩子们的心声。

班主任发来的骚扰短信

“女儿是高中生，半夜里收到了好几条来自班主任的奇怪短信。”

龟井明子可以明显感受到这位母亲的愤怒。她接到这个电话的时间是 2010 年。

SSHP 的事务所位于大阪府守口市。这个机构平时由三名女性轮流接听咨询电话，她们的活动已经开展了约二十年。SSHP 在日本全国拥有约一百五十名会员，是致力于解决校园性骚扰问题的专业机构。其法人代表龟井原来是一名初中老师，迄今已接受一千五百余件案例的咨询。

打来电话的是四十余岁的田中和子，她的女儿当时是关西一所私立高中的高一学生。和子打来电话的原因是一位三十多岁的语文教师山下浩一经常给自己的女儿发一些令人作呕的短信。

“清香小姐姐——”

“欸，好可爱哟。”

“这就是我跟清香的命运吧？”

“刚洗完澡吧？我看得见清香的样子呢。”

“我今天喝多了。”

从晚上九点开始直至深夜，对方一直发来这些令人作呕的短信，每天有十多条。清香入学后，好多同学就和班主任交换了联系方式。从五月份开始，班主任就开始发来这样的短信。

清香属于那种性格非常内向的女孩，面对这种情况，她有些不知所措。

“我简直不知道该如何是好，对方是班主任，要是置之不理的话也不好。”

有时候短信中会出现有关试题的内容，而且还会特意强调“不要告诉其他人”。

清香因为手机费用过高而被母亲训斥过。她来自单亲家庭，不想让日夜忙碌的母亲再为自己操心，因此她不敢跟母亲说出真实原因。她也曾告诉过山下，让他不要再给自己发短信了，可是没有用。

没过多久，除了发短信，山下居然开始打电话过来。要是不接的话，山下就会发短信诘问:“你是故意不接我的电话吧？”如果不回复的话，第二天上学山下就会单独找到她，责怪她对自己不理不睬。

对此，龟井表情黯然地说道:“教师通过给学生发一些奇怪的短信，对其进行性骚扰的案例着实不少。

“如果教师以进行必要的联系为借口，向学生索要联系方式的话，学生自然无法拒绝。如此一来，师生之间的联系无疑会更加方便，却也让某些图谋不轨的教师有了可乘之机。”

入江直子的看法是:“应当严令禁止老师通过手机等通信工具因私事与学生进行联系。如今短信已经极为普及，在中小学教师中，很多人都认为私下通过短信与学生进行联络并无不妥，殊不知这才是引发纠纷的罪魁祸首。”

接着，她又补充道：

“但也有一部分教师认为，如果全面禁止的话，就无法对学生进行指导了。很多教师觉得‘老师通过短信,可以更好地把握学生的心态；学生也可以通过短信把不方便说给家长听的事告诉老师’。但这真的有必要吗？我倒是觉得其中的隐患大于益处。实际上，因为与学生互发短信而引发纠纷的老师不在少数。”

面对这种状况，清香忍耐了将近一年。在此期间，山下有时在放学后强行将她拉上自己的车，并开车送她回家；有时她星期天在图书馆学习时，还会收到山下送来的礼物。这让她觉得压力很大，还因此起了疹子。就在新学期开学的前一天，当她得知二年级的班主任仍然是山下时，她终于向母亲提出，要求转到别的学校。

就在清香转到关东的公立高中以后，通过龟井的介绍，我结识了清香的母亲和子。采访刚一开始,和子的叹息声就像决堤的洪水一般。

“现在校外事件频发，很多地方以中年男性为主的志愿者，担起了在上学和放学途中为孩子们保驾护航的重担。但是我觉得比起校外，校内出现问题的情况似乎更多一些。”

东京山手线的闹市区有一家意大利餐厅。临近下午，餐厅刚刚开始营业，二楼没有其他客人，店员也都在一楼忙碌，不用担心谈话内容被其他人听见。在节奏明快的西洋乐曲中,清香的母亲叹气声不断：

“本来老师是应该值得信赖的,可最近教师性骚扰事件频发。保护学生是教师的职责，可问题恰恰出在教师身上，我希望媒体能对这类事件多加报道。孩子在那样的学校上学，实在让人放心不下，高额学费的代价，就是让女儿承受更多的痛苦。在学校里，老师有任何想法，都可以为所欲为。我看学校里需要配备个巡逻队了。”

对于这种校园内部纠纷，龟井认为这是由日本学校特有的组织结构所决定的。

“不管是体罚，还是教师对学生的性骚扰，都在一定程度上反映了日本学校组织结构中存在的问题。教师滥用职权，学校则一味隐瞒问题。所有问题总是如出一辙。特别需要注意的是，如果受害者寻求救助的话，往往容易受到来自加害者及周围的人的谴责，这就是‘二次伤害’。这也是校园性骚扰的特征之一。即便在调查过程中，仍然会出现学校校长或是教育委员会对受害者加以谴责的现象。”

龟井提高了声调强调道：“要解决学校中的问题，第三方的介入是十分必要的。”

在本章中，我们通过龟井经手的一个案例，一边讨论“二次伤害”的问题，一边细细讨论如何解决与防止校园性骚扰事件的发生。

“很多人都是在走投无路的情况下才来找我们咨询的。其中能够顺利解决的案例，简直是少之又少。”龟井苦笑着说道。

校长为了自保，总是对涉事教师持袒护的态度。校长们的说辞也往往是千篇一律。

和子将问题反映到学校校长那里时，校长的态度简直恶劣到超乎想象。

校长也参与其中

“我们不是赏金杀手，我们的目的不是复仇。”龟井明子说道。

她从事校园性骚扰相关问题的咨询工作已长达十六年之久。

“学校方面总想在内部把问题消化掉，但结果往往不能如愿。我们作为第三方机构，更要为学生家长及受害者提供支持。”

因此，她们需要倾听受害者的倾诉，并尽可能地站在受害者的立场上考虑问题。

“如此一来，许多受害者会觉得‘终于找对咨询对象了，终于有人肯听我倾诉了’而倍感安心。”

高一学生清香的手机每晚都会收到班主任老师发来的令人作呕的短信，她的母亲田中和子就是众多咨询者之一。

拨通咨询电话后的第二天，和子跟龟井进行了面谈。和子对校长在自己女儿面前表现出的恶劣态度感到极度愤慨。

“校长对老师采取袒护的态度，而且还惺惺作态地说：‘你作为单身母亲，也有很多苦衷吧。’我觉得他的语气中明显带有歧视的意思。”

当日上午十一点，和子与校长在校长室开始谈判，谈判一直持续到傍晚。

首先，校长对班主任山下浩一的行为表示歉意，但当和子要求辞退山下的时候，校长面露难色地说道:“从前也发生过类似的事，但由于工会的插手，最终事情闹到了不可收拾的地步。”

后来校长的话越说越离谱，最后竟然说到了和子为什么会离婚的话题上。中间，校长曾经把山下叫到办公室，责问他:“你就是这样对待由一位单身母亲支撑起来的单亲家庭的吗？”

放学后，清香也来到校长室，控诉山下深夜给自己发短信，强行开车送自己回家，在图书馆给自己送东西等行为。对此，山下回答说:“我并不是故意这样做的，只不过对清香有些放心不下而已。”

清香在回顾当时的情形时说道：“我觉得他一直在为自己的行为辩解。”

商谈结束时已经下午五点多了，这时校长突然说道：

“我们一起吃顿饭吧。也好再谈谈山下的事。”

和子推辞说自己的母亲需要人照料，另外清香的妹妹也没人给做饭，却依然没能推掉，只好跟校长去了一家什锦烧的餐馆。

针对这种状况，龟井说：“校长应该是对清香的母亲产生了好感吧。”

在餐馆里，校长喝得烂醉，说起话来滔滔不绝，全然没有注意到和子母女不快的情绪。

和子虽然心中焦急，但校长却迟迟不肯离席，而且还对和子母女放言道：

“你们就原谅清香的班主任吧。如果无法原谅的话，就干脆忘了这件事。如果实在忘不了的话，就只能祈求神佛保佑了。”

母女二人被他一番不负责任的话惊呆了，而校长却依然自顾说道：

“我的博客颇有些人气，你们一定要抽空看看。”

直到晚上十点半，他们才各自回家。临别之际，校长对和子说道：“很高兴认识你，咱们短信联络吧。”

和子回到家时只觉得已经筋疲力尽，她的母亲一直坐在昏暗的房间里，什么都没吃。

针对这件事，龟井解释道：

“这明显是对清香的母亲和子的性骚扰。在这样一所私立高中里，这种问题很难解决。如果是公立学校的话，可以向教育委员会提出申诉，可私立学校的话，原则上是在学校内部自行解决，教育委员会很难介入。”

龟井提供了几个可以外部解决的选项：即使是私立学校，也可以向都道府县提请申诉，抑或向法务局或律师协会申请人权救助。但最直接的方法莫过于亲自进行交涉了。

“要是亲自进行交涉的话，我建议她们可以将交涉的场所指定在校长室内，如果选在饮食店的话，谈话的内容就有可能被其他人听到，而且那里的环境也不适合谈话。所以将交涉地点限定在校园内是再好不过的了。”

但事态的发展已经远远超出了龟井的预想，她的建议根本没能让事情朝着更好的方向发展。龟井说：“校长的回应简直让人目瞪口呆。”

在家长说明会上对受害者发起攻击

田中和子向龟井咨询的问题由“上高中的女儿收到来自班主任的奇怪短信”演变成了“提出抗议后反被校长性骚扰”,但是事情远远没有结束。

“我接到校长的电话，说有东西想给我看。”

学校方面要在家长说明会上对班主任山下浩一的性骚扰行为做出解释。和子与校长在附近的一家咖啡厅见面后，不知为何，校长拿出一封支持清香的匿名信：

“顾问律师说‘最好不要让田中女士列席家长说明会,列席的话只会对她自己造成伤害’。”

恰在此时,校长的手机响了,是学校打来的。“山下要从学校的八楼上跳下来。”校长说道，“他说要是解雇他，他就自杀。”

此刻虽然事态极度紧张，但校长却没有急忙返回学校，而是继续不紧不慢地说道:“有一种看不见摸不着的缘分摆在我的眼前。请你珍惜我们的相遇，希望今后我们依然能够一起吃饭，一起喝茶。”

第二天，校长再次打电话给和子，邀请她一起去参拜奈良神社，和子不知道他是什么意图，就一口回绝了。和子见校长如此悠闲，确信山下要自杀的事肯定是假的。

虽然没去成神社，和子还是被校长叫到了咖啡厅。在咖啡厅里，校长对和子说道:“你如果一定要列席家长说明会的话，就请全权委托给我，让我来处理吧。”

之后，校长又反复强调说:“让我们互相信任，今后也要好好继续交往下去。”

在第二天的家长说明会上，校长对事情的来龙去脉进行了简短的说明后，由班主任山下做自我检讨，山下做完检讨就退席了。

考虑到这件事情过后，孩子还要继续在这所学校读书，和子虽然不愿意，却也只能将这件事全权委托校长处理:“我完全相信校长能对这件事作出一个公平的处理。”

接着，家长们就纷纷指责山下的所作所为。

但接下来的一幕让人有些瞠目结舌。对山下持批评态度的家长发言结束后，就不断有人开始袒护山下，谴责和子了。

“我觉得老师的短信对我们家孩子帮助挺大的。”

“田中你莫不是对老师有所误解吧？”

这时坐在后边的两位母亲相互使着眼色，一边笑着一边询问对方:“咱们谁先发言啊？”

最后，一位父亲大叫着说道:“校长，不能让步！加油啊！大家肯定都会说这是一所好学校的！”

和子回到家中，向清香转述了当天学校里的情况，不禁叹息连连。和子本以为家长们会义愤填膺，纷纷谴责山下，可结果完全相反，家长们反倒成了学校的声援团，纷纷谴责自己。

“一定是校长在背后有所动作，所以才不希望我列席吧。”

清香觉得自己已经被逼上了绝路，觉得很痛苦，再也不想去上学了。和子觉得这样下去不是办法，于是决定让清香转到公立高中。

面对束手无策的和子，龟井提议道：

“要是告上法庭的话，我可以给你介绍律师。由于事情胶着，最后问题只能在法院解决了。要想起诉，就必须先保留证据。以往的录音、笔记、短信记录等，这些都会成为有力的证据。”

和子已经将迄今为止发生的事情全部记录了下来。

转学后，起诉和解

因为女儿清香收到班主任老师骚扰短信的事情，和子前往学校进行抗议，却又遭到来自校长的性骚扰，继而和子母女又遭到来自其他家长的攻击。简直是一波未平一波又起。

考虑到清香将来的升学，和子决定让清香转到关东地区的高中，同时连家也从关西搬到了关东。清香转出的那所私立高中召开了惩戒委员会会议，山下因为深夜给清香发送短信及强行开车送清香回家等问题，虽然受到了停止担任班主任一个月的处分，但惩戒委员会却认定这并非性骚扰行为。这样的结果是和子母女所无法接受的。

像这种情况，学校方面即便承认“在指导上存在问题”，也会以“看问题的角度不同”为借口，拒不承认会给学校形象带来负面影响的性骚扰问题。特别是像这种学校形象与招生有着莫大关联的私立学校更是如此。

龟井明子在接受和子的咨询后，建议她将这件事交给律师处理。

“亲自交涉的话毕竟精力有限。要是考虑和他们对簿公堂的话，我可以帮你介绍一位擅长处理性骚扰问题的女律师。”

跟龟井携手，共同为受害者提供援助的专家有很多，这位律师就是其中的一位。

和子母女提起诉讼后，学校方面也向法院递交了材料，摆出一副一决雌雄的姿态。

校方指出，班主任频繁发送短信也属于指导的内容之一，像“清香小姐姐”这种令人作呕的表达方式，也是为了能跟学生进行无障碍的交流才使用的“学生的口吻”，其中也有“开玩笑”的成分。

同时，校方也承认的确存在一定的问题:“如果仅仅摘录其中特定的部分的话，也不能说完全没有问题。”但却一再否认一个事实：“这绝非性骚扰。”

另外，学校方面还断言:“教师与学生之间的短信往来在很大程度上是有益于教育的。”校方还强调,“出于教育上的需要”，全班四十个学生中，约有三十人收到过班主任的短信，清香只不过是其中的一人而已，绝非特殊对待。

和子和清香十分气愤，决心一定要分出个是非曲直。但法官却劝母女二人在出庭作证之前跟校方和解。

“打官司会给你们增添很大的负担吧？”

母女二人动摇了。

清香认为要分个是非曲直，就一定要把诉讼进行到底，但和子担心打官司会影响到女儿的大学升学考试,就向律师咨询和解相关事宜。

“对方承认这是事实了吧。”

和解条款中有这样一句话:“我们保证，一定不会再次在指导学生及接待家长方面出现类似的问题。”

“这属于胜诉和解。”听了律师的话，和子决定放弃继续起诉，无奈之下清香也只得放弃。后来，清香上了大学。从向校方投诉到解决问题，一共花了两年半的时间。在此期间，和子因病辞去了工作，此后的生活就一直是入院出院的循环往复。

时至今日，那所高中的职员还仍然认为和子与清香是恶人，而且还在网上匿名说她们的坏话。如今问题虽然解决了，但亀井仍然很担心她们母女。

“这件事对和子的健康影响很大，她的身体状况欠佳，这很令我担心。她们真是可怜。我跟很多受害者交流过，也常常会思考，究竟是什么让她们有如此的遭遇呢？”

亀井的言语中带着一丝遗憾。但究竟是什么让她走上为性骚扰受害者提供援助这样一条路呢？

来自学生的申诉

为了应对学校中发生的性骚扰事件，龟井明子于1998年创建了专业咨询机构“防止校园性骚扰全国网络”，并且亲任该机构的法人代表。

包括分部在内，防止校园性骚扰全国网络约有一百五十名成员活跃在日本各地。至于她创建这个机构的初衷，要从她还是一名公立初中的体育教师的时候说起。发生于1995年的一件事让她终生难忘。

那时龟井的同事饭田庆子主管橄榄球部的相关事务。有一天，三名女生找饭田商量，说再也无法忍受橄榄球部教练井口的骚扰了。井口在之前任教的学校也曾有过这样的问题。

“你冷不冷啊？”说着就撩开女学生的短裤，抚摸女学生的大腿；“好冷，好冷！”说着就把手伸进女学生的衣服里，摸女学生的后背；谁要是说自己的嗓子疼，他就会从该女生的运动服下边伸进手去，按着对方的喉部说“这是治嗓子的穴位”；有时候她还问女学生穿什么颜色的内裤……他的这些行为已经持续了一年半。

“什么时候说呢？”

“老师那么可怕，怎么说呀？”

学生们被这个问题困扰了许久，也忍耐了许久，觉得饭田值得信赖，才跟饭田说明了一切。当时龟井也在场。

“你们能把这件事说出来很好，既然已经挑明了，就把这件事也告诉你们的父母吧。”

这是龟井给学生们的建议。第二天，家长们给学校打来电话，校长在校内对此事进行了说明。

当着前来告状的家长的面，校长问三个女生：“你们希望老师怎么做呢？”

“希望他从学校消失。”

“可老师也有妻子儿女，辞退他的话，他的家人可怎么办呀？”

面对校长毫不负责任的回答，三人齐声喊了起来：“这跟我们有什么关系！”

对此，龟井说道：“她们能说出来，这很好。如果是一个人恐怕很难说出口，而三个人情况就不一样了。”

校长当即把井口叫了过来。

“这是一种情感的表达方式，一种交流的手段。你们不喜欢这样吗？”井口就好像没事人一样，道貌岸然地说道。

“不喜欢！”

“不喜欢倒是当面说呀。我看你们每天不是都兴致勃勃的吗？”

按照他的说法，就好像是学生们做了什么见不得人的事一样。

后来，龟井创立了防止校园性骚扰全国网络，又接受了很多人的咨询。对此，龟井表示：

“这种事，孩子们当面是绝对说不出口的。老师和学生、大人和孩子、教练和学员，她们被多重绝对权力关系所束缚，孩子们自然是无力抗拒。”

最后，井口虽然承认了这些都是事实，但他的态度却激起了学生及家长们的愤怒。

“我也不是存心要这样的，既然你们都说这是性骚扰，那我道歉就是了。”

真正让龟井觉得愤怒的是后来发生的事情。现场变成了校长、教导主任、井口及其他教师与家长之间的口水大战的战场。这些人简直是枉为人师。

“你们不就是为了钱吗？”

“简直是岂有此理！”

如果放到现在，估计他们要被当作“怪兽家长”[1]来对待了。

---

[1] 怪兽家长，指以自我为中心、不讲道理的监护人。2008 年播出的同名电视剧使之成为热议话题。

威胁与骚扰接踵而来

亀井接受三名女学生的咨询后，便立刻展开行动，致力于解决相关问题。她所从事的活动一直持续至今。

亀井给出的“最好告诉你们的家长”的建议，是在当时情况下最合情合理的方式。但由于日本学校体制上的原因，有时她的这种行为会被认为是与整个教师团体相对立的行为。

“学校自我净化的能力极其低下，相对于保护学生而言，他们更热衷于保护学校整个团体的利益。”结合自己以往的经验，亀井这样说道。

家长与校方各持己见，虽然表面上是以井口的道歉收场，但以井口为中心的教师团体也对学生家长产生了敌对情绪。

虽然亀井和饭田要求校长针对此事做出答复，但却没见校方有任何动作。不久后寒假开始了。由于寒假期间无法与校长取得联系，亀井她们便将一份“公开征求意见书”邮至校长家中。

“我们只是想知道校方究竟要如何应对。除此以外别无他法。”

但最终校长还是没有答复。

进入二月份，本年度的第三学期开始了。校长在没跟亀井和饭田打任何招呼的情况下，就在职员会议上突然宣布："下面对此事件进行说明。"

"龟井老师和饭田老师来到校长室，要求从第三学期起将井口老师赶出校门。"

"我们可没说过这样的话。"龟井连忙反驳道。

这时井口站起身来，打断了龟井的话："你们居然要赶走我！你这是存心挑起内斗！"

校长和教导主任见状，也并不出面劝阻。

对此，龟井回顾道："他们三人大概早已经事先串通好了。"

教研室里已经没有人对如何保护学生的话题感兴趣，只是弥漫着对井口同情的气氛。

突如其来的反击令龟井措手不及。她受了很大的打击，以致此后一周都没能去学校。

其实早在接受橄榄球部女生们的咨询那天晚上，井口就给饭田家里打过电话，他是这样说的：

"我要是不干了，学生们的家长肯定不会坐视不管。我要让那几个挑事的学生家长知道，什么叫自取其辱！"

听了饭田的转述，当时龟井也不以为意。但没过多久，她终于明白井口的意思了。

"他这是在威胁我们。接着，令人发指的骚扰就接踵而至。"

支持饭田的教师们，有的家中接到了威胁电话；有的自行车被损毁；有的汽车被损坏，各种骚扰纷至沓来。龟井的汽车排气管里被塞满了沙子。此外，龟井还遭到了更为直接的骚扰，她曾经接到过一个陌生男子打来的威胁电话。

“你有个女儿吧？你不想你的女儿出什么事吧？”

第二天，她告诉校长说:“我已经通知电信局，让他们帮我开通定位对方电话的功能。”此后她就再也没有接到过威胁电话。

发生了这一系列骚动，教导主任始终对井口持包庇的态度。

“后来教导主任因将家长及教师联合会会费挪为私用而被免职。我想当时大概是因为他有什么把柄握在井口的手里，所以才不敢说什么吧。”

龟井已经从当时学校诡异的气氛里看出一些不对的苗头。

即便被孤立也依然坚持

1996 年的第三学期，身为体育教师的亀井站在寒风凛冽的操场上。

三名橄榄球部的女生告发社团教练井口的性骚扰行为以来，亀井一直都在给予她们帮助和支持。也正因为如此，亀井在教师当中完全处于被孤立的状态。井口和亀井都是体育教师，所以体育办公室和教研办公室都没有亀井的容身之所。严冬的操场是她唯一可以容身的地方。

课间休息时，一名高大强健的男生坐在了她的旁边。

“井口让我打你一顿。”

亀井大吃一惊，故作镇静地问道：“他让你打，你就打吗？”

“我自然是不会打的。”

这个男生平时经常跟亀井聊天。两个人聊了一会儿，那个男生就走了。

亀井下定决心，即使自己再怎么被孤立，再怎么被骚扰，也要继续为那些女生提供援助。

其实早在这个问题浮出水面之前，亀井和井口之间就已经有了嫌隙，原因竟是由于情人节。由于近年来商家宣传女孩子要在情人节这天送巧克力给自己心仪的人，所以每年快到 2 月 14 日的时候，售卖巧克力的柜台总是热闹非凡。

在龟井任教的这所初中，由于校长认为这种习惯于教育不利，因此禁止学生在校园内互赠巧克力。井口觉得这规矩是给学生定的，老师不应受这条规定的限制，于是他做出了一个令人匪夷所思的举动。

他不断要求女生们送他巧克力，还在纸箱上写上自己的名字，放在教室里，并特意做了个旗子，上面写着“巧克力放在这里”。他让学生们把巧克力放入纸箱后，在点名簿上圈上自己的名字。

对此，学生家长们纷纷质疑:“不允许学生之间互赠巧克力，难道送给老师就可以了吗？”龟井也曾提醒过他，劝他不要这样做。第二年，井口虽然没有故技重演，但却可以明显看出心怀不满。井口在之前的学校也有过多次类似行为，最后因为性骚扰闹得沸沸扬扬，才调到现在这所学校的。

当井口肆无忌惮地骚扰他人的时候，市教育委员会介入了调查。一般情况下，市教育委员会在听取当事人投诉和校长的报告后，再做对当事人进行处罚的决定。但这次却不同于以往，在当事人的强烈要求下，由市教育委员会对老师及学生们展开调查。龟井将事件的全部经过毫无保留地向市教育委员会的负责人进行了汇报，希望市教育委员会能够作出回应。

什么时间，发生什么事情，都一一记录下来的话，将来肯定都会成为强有力的证据。此时龟井所做的记录，就在市教育委员会的调查中起到了重要的作用。龟井至今仍然保留着凡事都要做记录的这个习惯。

由于井口说自己“没想要那么做”，市教育委员会在无法厘清事实的情况下将事件定性为“灰色”，并结束了此次调查。同年四月，井口以人事异动为由，被调到了别的学校。

对此，龟井颇感无奈：

“如果没有确凿的证据的话，性骚扰不会受到处分，只会将有问题的教师调到其他学校，这几乎成了惯例。很多出现问题的教师往往会再次出现同样的问题。”

实际上，井口就是在之前的学校因为性骚扰事件闹得沸沸扬扬，才调到这里的，没想到他调到这里以后，还是不思悔改。可为什么教育部门对这些屡教不改者如此放任呢？

关键在于当事人是否明确承认性骚扰的事实。但凡没有承认的，几乎都没有受到处分。井口虽然承认了自己的确做过那样的事，但却否认该行为是以性骚扰为目的。对此，龟井的看法如下：

“出自哪个派系或是哪所学校出身是人事异动的决定性因素，这点学校跟企业并无分别。能够在社团活动中取得成就的教师，往往被上司所看重，这类人所受的处分往往较轻。这种现象在体育运动的社团中尤为严重。”

龟井觉得很难从学校内部去改善这种现状，于是下定决心，要自外而内逐渐改变这种状况。这件事情过去之后，龟井依然热情不减。四年后，她终于辞去了学校的职位。

成立协会，给孩子们以支持

“我感觉难以让学校从其内部作出变革，所以只能借助第三方的力量，通过外力促使其作出改变。”

龟井在说到辞去初中老师的职务创立“防止校园性骚扰全国网络”的原委时这样说道：“虽说一开始我们只有两个人，但是我们的志向很远大，考虑到总有一天我们的活动范围会扩展至全国，所以在机构名中添上了‘全国’二字。我知道有不少人受害，但还是没想到，会有如此多的受害者前来咨询。”

龟井经手帮忙解决的案例多达约一千五百件。但这条路并不是一帆风顺的。时而会有人抱怨：“任何组织当中都有坏人，老师大多数都是好人，凭什么因为少数人出现了问题，就对学校进行大肆批评呢？”教师当中有些人甚至视龟井为死敌。每当龟井听到有人抱怨，她就会反驳：“这个问题充分暴露了学校体制中存在的问题。出现问题的时候，也正是考验学校危机管理能力的时候，可很多学校却无法妥善处理。学校应该永远将孩子放在第一位，可很多学校的做法往往不是这样，老师们都想着如何自保，所以校园中才会不断出现霸凌与体罚等现象。”

龟井有一个原则,那就是绝不与教育委员会为敌,始终保持以“一同思考问题，一同解决问题”的态度跟教育委员会打交道。

受害者家长与教育委员会关系恶化或是尖锐对立的现象时有发生，龟井虽然是站在受害者的立场上，但她的首要目的依然是如何解决问题。

她经常与文部科学省的负责人保持交流，各地教育委员会也有很多负责人与龟井保持着相互信赖的关系。

而那位性骚扰事件的加害者，并致使龟井辞职的罪魁祸首，龟井的老同事井口和夫的故事还没有结束。他调到别的学校后，仍旧不思悔改，不断惹是生非。

他先是以按摩为由触摸女生的身体，被处以警告处分。接着，他又以管乐团教练的身份，以“增强体质”为由，强令女性学员去游泳池游泳。在游泳过程中，他假意教学员学蛙泳，然后抓住其两脚，并将其双腿分开，进而动手动脚。在修学旅行时，他闯入女生的房间，并在第二天说该女生“睡得真难看”。

依据上述行为，他被停职一个月。由于他的所作所为被媒体在日本全国范围内进行报道，社会各界纷纷指出“停职一个月的处分太过轻描淡写”，最终这件事以井口提前退休告终。

“我认为他是不会主动提出辞职的。肯定还有其他问题没被查出来，但具体是什么事我就不得而知了……不过他算是退休，而不是被免职，退休金还是有的。”龟井显得有些不满，但值得庆幸的是从前的“宿敌”终于远离了教育行业。遗憾的是井口并没有被吊销教师资格证，所以他仍然有可能通过作假的手段，在其他地方继续上岗。为了使其无法重返校园，龟井运用自己的关系网，时时监视着他。

“有些教师通过隐瞒自己被处分的经历，得以在其他学校再次上岗，最终则因事情败露而被逮捕或是解雇。有过猥亵行为的人往往会再犯，这一点尤其值得注意。”

为保护受害学生，龟井曾多次遭到其他同事的排挤和报复。经历了地狱般洗礼的龟井依旧不改初心：

“即便是饱受践踏蹂躏，我也要像野草一样坚强地挺直胸膛。”

为孩子们营造一个可以安心学习的环境，这就是龟井的追求。

男生也会受害

“不是只有女生才会受害，男生也会被猥亵。”曾经接待过无数教师猥亵学生咨询案例的龟井说道。

“常听家长们说：‘真庆幸我们的孩子是个男孩。女孩子的话可真让人放心不下，男孩子可就放心多了。’但事情真的是这样吗？如果受害者是男孩子的话，那他的心理负担肯定会更大，此类案例多数也更加难以解决。男孩子的家长知道真相以后，也往往会更加不知所措。”

那大概是十年前的事了。小学五年级学生江本太阳和全家人趁着暑假到东京的奶奶家玩。回到东北的家中后，他突然蹲坐在沙发上哭了起来。

“可以听得出来，他的哭声有点不太正常。”他的母亲千绘在回顾当时的情形时说道。

我们问他怎么了，他却只是反复说“没事，没事”。但还是把自己关在厕所里哭，过了一会儿，他终于流着眼泪说道：“洗澡的时候我被人摸了。”

千绘一下子想起来：“一定是那时发生的事。”

时间是一年前，太阳曾经说起过："和朋友一起去公民馆[1]玩，遇见一个很和蔼的叔叔，他带我们去玩保龄球。大家都出了很多汗，于是就一起去了公共浴池。"

千绘当时也不知道到底发生了什么事，只是跟丈夫说"真是个好人"，觉得有些不可思议。

听了太阳的话，千绘才明白，他是想起了当时那件事。千绘继续追问，太阳终于慢慢回忆起那段令人厌恶的往事。

那个"叔叔"是一位被派到公民馆帮助照顾孩子的男性教师。

千绘四处打听那人的情况，听说夏令营的时候，他曾经钻过男孩子的被窝，还做过很多奇怪的事情。

太阳的班主任是一位女性教师，千绘向她询问了那位老师的情况，太阳也跟老师讲述了当时发生的事情。但班主任老师只说了一句"他是一个好老师，人很好"便没了下文。事情没有任何进展。不得已之下，千绘只好向教育委员会提出申诉，但教育委员会只回了一句"已经问过当事人，他说没做过这种事"便想草草了事。

继续追问，教育委员会负责人的措辞便变得十分过分，千绘想把他们的对话录下来。这时对方似乎听到了千绘按下录音键的声音，便问道："你录音呢吧？你干吗要做这种事情？"

"听他的语气，就像是我做了什么坏事一样。"

千绘又向警察咨询，还向法务局申请了人权救助，但由于"没有

[1] 公民馆，为在市町村等一定区域内生活的居民提供教育、学术、文化等各方面的支持，是以提高居民修养，陶冶居民情操，增进居民健康为目的的设施。

确凿的证据”，法务局对此事未加理睬。

“真让人吃惊。出了这么大的事，却谁都不肯作为。”

千绘感觉自己已经走投无路了，直到她在自家店铺中用报纸包裹商品时，发现了一则有关儿童遭遇性侵害的新闻。就靠这则新闻，她终于找到了可以信赖的人——亀井明子。

“我着实松了一口气，终于有人肯听我说话了。”

亀井看了千绘的日程安排，提议在东京会面。她自己从大阪出发，千绘则从东北出发，二人在东京会合。到了约定地点，除了亀井以外，千绘还见到了另外一位强有力的援助者。

不再否认事实，“赔礼道歉”

龟井专门受理受害学生及家长咨询业务，为受害学生提供援助，她的关系网遍布日本全国。龟井的机构总部设在大阪，东日本[1]的案件多数都交由神奈川大学名誉教授入江直子处理。

太阳的母亲千绘到达东京的时候，龟井和入江已经在车站等她了。

“我这才知道，原来有类似遭遇的并非只有我们。”

千绘见到龟井与入江后倍感安心。此时距千绘跟太阳的班主任老师反映情况已经过去了三个月，由于事情一直没有得到解决，太阳对此颇感不满：

“跟班主任说了，但班主任也解决不了。”

太阳对这位袒护加害者的女班主任老师产生了不信任，所以对上学也产生了抗拒心理。

在接受千绘咨询数日后，入江在太阳家附近的车站下了车。

[1] 东日本，在大致区分日本东西地理方位时使用的词，指日本的东半部，一般情况下指包括北海道、关东地区和东北地区在内的区域。本书中泛指日本的东半部。

“我有点事要跟你谈谈。”入江在公用电话亭给教育长打电话时说道。

或许是因为入江是大学教授的缘故，没过多久，教育长就来了。

“因为这件事就不去上学，实在是可惜，我觉得应该做些什么，等他上了六年级，能帮他调一下班主任吗？”

“我会的，就交给我吧。”教育长认真听完入江的话，当场就答应了她的要求。

太阳听到这个消息以后，不禁松了一口气：“那春季来临之前，我就再忍耐一下吧。”说完立刻有了精神。第二年，学校为太阳调换了班级，换了其他班主任。

是时候让那名身为加害者的教师为自己的行为负责了。那名教师一直推说自己“记不清了”，妄图蒙混过关。入江为他们介绍了一名资深的男性律师，太阳的父母陪他一起来到了律师事务所。那位律师说道：“让他道歉，赔偿。若是经法院的话，太阳就必须出庭作证，我们不经过法院，直接跟他交涉。”

千绘不禁问道：“对方一直不肯承认，这么做行吗？”

“放心吧，吵架我最在行了。”

胸有成竹的话语，让太阳父母的心里有了底。加害者也请了律师，但那位男性律师却说：“都是专业人士的话，事情就更好办了。”结果就像那位律师所说的，对方律师也劝那位教师：“你最好还是支付赔偿吧。”

那位教师最后虽然没有承认罪行，但太阳一方的律师仍紧追不舍：“纵使你记不清了，孩子被摸了却是事实，应该赔偿。”最终，那位教师含糊其词地说了一句“十分遗憾”，支付了赔偿金。

太阳的父母认为他这句话就是道歉的意思。

对此，入江解释道：“事件究竟进展到什么程度才算是解决了呢？受害者不同，其标准自然也不尽相同。对本次的受害者而言，他们认为加害者表达了歉意并进行了赔偿，就表示已经认罪，因此事件得到了圆满的解决。”

又是十多年过去了，已经成年的太阳忙碌在自己的工作岗位上。

担心女儿受害，于是展开行动

遭到教师猥亵而长年无法追责，只能选择默默忍受的人不在少数。

“有好几名曾经受害的女性向我咨询：‘女儿进了曾经对我进行猥亵的那名老师所在的学校，真不知该如何是好。’”亀井说道。

猥亵事件要是不被曝光的话，加害者就会按照学校流程不断被提拔，有的人甚至还当上了校长。这样一来，孩子升学之际，就让有些母亲觉得异常苦恼。对于被时间尘封的事件，到底该如何解决呢?

“有一位母亲曾因教育实习返回母校而被老师猥亵。她在查找女儿升学考试所考高中的资料时,发现那位老师竟然成了该校的校长。”亀井在回顾这位母亲的烦恼时说道。

同为受害者的母亲没有机会申诉，就这样过了很多年。

“她说自己的事已经没法追究了，但女儿所在的学校有那个人在，实在让人放心不下。”

即便向教育委员会提起申诉，如果加害者不承认的话，多数案件都会不了了之。只有从正面发动攻击，问题才会迎刃而解。除了向龟井咨询以外，这位母亲还请了律师，要求该校校长辞职。虽说她的要求很有可能被拒绝，但她赌的就是校长的良心。如果从得失方面考虑，校长主动提出提前退休的话能领到退休金，而且还能保全颜面。

事实证明这位母亲的决定是正确的。对方放弃争执，在离退休还有两年的时候主动要求提前退休了。

至此，这位母亲仍然不肯罢休。这位校长虽然辞去了校内职务，但仍以教育者的身份在校外从事包括讲演在内的各项活动。这位母亲的最终目的是让他从教育舞台上彻底销声匿迹。

这位母亲请求龟井将事情的真相转告给县教育委员会。由于这位母亲不敢透露该校长的姓名，因此龟井在与教育委员会的交涉当中也隐去了该校长的姓名。

"我无法告诉你们他的姓名，总之这位校长于近期，在快要退休之际辞职了。"

龟井只说了这么一句话，教育委员会的两位负责人就面面相觑，立刻知道了这个人是谁。大概这位母亲的想法是这样的：如果让这个消息在教育相关人士之间传播开来，那么这位校长的一切活动也就无法开展下去了。等一切都结束之后，这位母亲就放心地让自己的女儿去那所高中上学去了，而她的女儿，却自始至终对这件事情一无所知。

之所以会出现多个此类案例，就是因为受害者控诉无门。一旦让加害者尝到了甜头，他们就会一而再、再而三地作案。如果没有重大事件发生的话，他们的罪行恐怕很难被揭发出来。对此，龟井解释道："有的受害者，隐忍了数十年，事情过去数十年后，才来找我咨询。还有的人等到加害者退休之后，才向教育委员会提出申诉，但得到的答复往往是一句'这些陈年旧事已经无从查起'。"

刑事案件虽然有时效性，但是对于教师的猥亵行为，如果查实确有此事的话，无论过了多少年也应被查处。但是，随着岁月的流逝，要查明事实的真相就更加困难。

对受害者而言，事件对她的影响是永恒的。很多受害者表示，尽管事件处理起来十分棘手，但只要有像龟井这样的人肯倾听自己的心声，她们的心情就会轻松很多。

被逼得走投无路的受害者

教师对学生实施猥亵的案例特征就是，受害者如果寻求救助的话，就会被加害者及周围的人逼入绝境，这就是所谓的“二次伤害”。我们之前介绍过的案例中的受害者，也经历了种种“二次伤害”，相信各位读者对这种情况也已经有所了解。

“一般在性侵害事件中，人们都会责怪受害者‘让人有可乘之机’，从而对受害者造成‘二次伤害’，尤其是学校里发生的案件更是如此。”龟井说道。

“事情闹得沸沸扬扬的时候，肯定会有人站出来说：‘那位老师绝不会做出这种事，这是污蔑！’‘这种事情就不要到处宣扬了。’”

有些人对受害者提供帮助，自己却成为众矢之的。九州地区就有过这样一个案例：

某市立初中的一位三年级女生，曾经在校长室及车中，被身兼剑道部教练的校长猥亵，事后该女生告诉了家长。家长上报为刑事诉讼，但校长一句“没有印象了”，检方就决定不予起诉。后来，检察监察部门认为检方对该案的判断有误，但再次履行检察程序的结果，依然是不予起诉。作为刑事案件，此案宣告终结。她的家长又向检方提起民事诉讼，此次判决的结果是猥亵罪名成立，法院判决市教育部门必须对受害者予以赔偿。

在刑事案件中，一定要有严谨的证据才能认定加害者有罪，因为刑事案件断罪的原则就是如此。有时在同一案件中，刑事诉讼与民事诉讼得到的结果完全相反。这才导致校长的行为在刑事诉讼中属“灰色”，而到了民事诉讼中则成了“黑色”。

在事件彻底曝光之前，受害女生不得不忍受来自与校长有着千丝万缕关系的人的骚扰。

事件曝光之初，就有一位剑道部学员的母亲，埋伏在受害者所上补习班的必经之路上，将受害者拉上车，假装关切地说:“到底是怎么回事？你要是说真话的话，我可以替你向校长认错。”

受害者原来的升学目标是县立高中，经过此番事件，不得已之下只能去了其他县的私立高中。即便如此，因为精神压力太大，她在入学后不久，还是因为身体方面的原因从那所私立高中退学了。

“有时赢了官司，却又输给了自己。实际情况就是如此。”对此案受害者提供过援助的龟井感叹道。

“与此同时，曾经帮助过受害者的家长与教师联合会的一位女性会长，也饱受周围人的骚扰。”

这位会长有一个正在上小学的孩子。有一次，她的孩子遇到一个陌生男人，那个男人问过了他母亲的姓名之后威胁道:“你妈妈要是再这么做的话，我可不知道接下来会发生什么。”

后来，这个孩子不得不转到了别的学校。

下面，我们列举一些受害者及与受害者有关的人受到“二次伤害”的事例。以下都是受害者及其家长在与龟井交流过程中出现过的话语:

来自商量的对象的伤害

- 老师说他没做。
- 像他这种一丝不苟的老师也会做出那种事来吗？
- 那位老师授课很是上心，也深得学生们的信赖。
- 那位老师作为研究者在社会上拥有非常好的声誉，非常了不起。
- 他参加了教导主任资格考试，明年就要跻身管理人员之列了，绝对不可能做出这种事来。
- 孩子不会是做梦梦见的吧？
- 谁有时间管那些无聊的闲事啊？
- 那个人很有前途，学校少了他绝对不行。
- 那个老师有妻子有孩子，不会做那种事吧？
- 你也是被老师点了名才去的吧？
- 你不是说人家请你吃饭，还给你出了路费吗？

来自教职员工的伤害

- 他跟你开玩笑的。那个家伙，经常跟学生们嬉笑打闹。
- 他逗你玩儿的吧。只为博大家一笑，没必要放在心上。
- 那么热心的老师，没必要因为他说了什么而针对他吧。
- 他都结婚了，应该不会在别处找刺激吧。

针对被检举的老师的议论

- 尽做些鸡蛋里挑骨头的事，这样下去工作还有什么乐趣可言。
- 总是吹毛求疵的话，教育工作也就无法开展下去了。
- 那家伙（受害者）曾经说过喜欢那位老师，不会是她主动的吧？
- 最近老师对学生要求特别严格，她不会用这种方式来报复老师吧？
- 小题大做，又没被强奸。
- 老师只不过是想爱抚两下罢了。

来自加害者的伤害

- 我根本就没有这样的想法。
- 要是不喜欢这样的话，就直说呀。
- 我们已经达成共识了。
- 只不过是爱抚和表达友善的行为，也是指导的环节之一。
- 这只是关爱的表现，这有错吗？
- 你要是这么说的话，那就什么都做不成了。

来自友人的伤害

- 多好的一个老师呀！都怪你，我最喜欢的老师才会离开的。
- 都是你！尽说些鸡毛蒜皮的小事，老师才会被调走了，怎么办吧？道歉！
- 对我们来说不可或缺的教练不在了，社团活动也进行不下去了，都怪你！

为什么学校里容易产生“二次伤害”呢？

龟井这样解释道：“因为校园性骚扰属于‘绝不允许出现的现象’，所以‘最好是没有’。要是真的出现了，也只能遮遮掩掩。要是加害者矢口否认的话，那么学校和相关方面由于利害关系的缘故，就很容易得出‘老师是正当的，学生在说谎’的结论。这与校园霸凌自杀事件一样，其根本原因就是学校负责人出于自保的目的，隐瞒事实真相。”

那么究竟该怎样做，才能有效防止“二次伤害”的发生呢？

入江认为：“如果是公立学校，校长得知真相后不要在校园内扩散，应该直接与教育委员会进行协商。”最好不要让受害者周围的人知道此事。不要开会说明，将校内知道消息的人数控制在最少，就能有效防止“二次伤害”的发生。隐瞒真相固然不好，但情报管理工作一定要到位。

龟井对调查方法还做出了具体要求：“无论是校长还是教育委员会，都不是搞调查的专业人士。要想进行缜密的调查，最好由律师等第三方人士介入，组成调查委员会。如果将来能够将这种方法制度化最为理想，但遗憾的是，迄今为止没有任何一个地方政府引入这种制度。”

要敢于说“不”

“孩子即便不愿意或是心存疑虑，也总是说不出口，尤其在对方是老师的情况下。”龟井感叹道。

龟井及其他工作人员制作了一部面向孩子们的DVD宣传片，在各地教育委员会及学校中均有销售。这部宣传片是由演艺部的初中生及为性骚扰所苦的学生们演绎的。

“我想告诉孩子们，如果不愿意的话，可以向对方及周围的人说‘不’。即便是假意强调自己‘没有性骚扰意图’的教师，看过这部宣传片以后，遇到类似情形的话，也一定会三思而后行吧。我们的目的就在于此。”

社团活动结束后，三名女初中生在更衣室中交谈。

“脚上的伤好了吗？”

“嗯，已经不疼了。当时，老师把我背到社团活动室，从大腿一直按摩到腹股沟。实际上我只是脚踝扭伤而已……”

“什么？腹股沟？真下流！”

这是宣传片当中的一个场景。

三名女生的话题还涉及了其他教师的“指导”行为：

“啦啦队叠罗汉表演训练时，他只盯着女生，还搂她们的腰……”

“他把手搭在了我操作鼠标的手上……”

“练字时他从身后紧贴着我的身体……”

以上都是些令学生难以启齿的场景，但她们却能够大胆说出自己的感受：“不要这样”“这样不好”，等等。

宣传片中还出现了面对社团教练发来的短信不知如何应对的那名初中女生。

“这些场景全部是基于事实制作的。但是，即便受害者鼓起勇气申诉，往往因为是‘孩子说的’而被搁置不理的也为数不少。”亀井愤然说道。

“我希望人们将这部宣传片用于教学与研究，但却迟迟未能推广。”亀井叹道。

她认为这是因为其中宣传了教师有可能变身为加害者，所以学校才不愿使用这样的教材吧。

“现在的教育就是教给孩子们‘老师无论做什么都是对的’。”

但实际上，孩子们被老师猥亵、体罚的情形简直不可胜数。

“如果连性骚扰是什么都不知道的话，自然是无从揭发。如果在即将遭受侵害的时候，仍然无力拒绝的话，那么这种现象将永远不会消失。这不仅仅是性骚扰本身的问题，而是事关教育成败的头等大事。”

联合国于1989年通过了《儿童权利公约》议案的审议，但日本却迟迟没能获准加入，直至1994年，日本才成为第一百五十八个被批准加入该公约的国家。关于其中的原因，亀井解释道：“无论是学校，还是成年人，都缺乏保护儿童权利的意识。认为只强调自己的权利而不尽义务是很难与人和睦相处的。”

有些专家指出，学生们在大学里的教师培养课程以及教育实习当中，很少有机会接触到涉及儿童权利的问题。

龟井还说，如果学校里不方便教授这些知识的话，那么家庭教育就显得越发重要了。

“你的身体是你自己的，要好好保护，任何人都不能轻易触碰。讨厌的话你可以拒绝。如果发生那样的事，你要告诉你信任的人。我相信，你说的都是真的。”

在龟井看来，家长对于孩子的话要用心倾听，只要你肯用心倾听孩子说的每一句话，那么孩子遇事也将敢于说“不”。

时常有侵犯人权的担忧

“老师们要时刻意识到，自己手中掌握着权力。”

中部地区的某个会议室中，龟井正在以 SSHP 法人代表的身份进行演讲。此次研讨会是由某市民团体主办的，四十余名与会者多为从事教育相关工作的女性，但也有几名身着正装的男性夹杂其中。

如何才能杜绝猥亵及体罚等侵犯学生人权的行为呢？对此，龟井下了很大功夫研究相关问题。

“或许很多教师都会这样说：‘我是站在学生的角度进行指导的。’可我却要说，即便如此，你在学生面前，仍然拥有至高无上的权力，比如说升学时的操行评语，社团活动选手的选拔，等等。听了我的话以后，他们才第一次意识到自己手中权力在握。”

与会者频频点头，将龟井的话记了下来。

在分组讨论的时候，龟井列举了很多实际案例，诸如“老师假装看电脑屏幕，几次三番将身体靠过来”“书法指导时从背后伸出手来，触碰我的胸部”等。“严重程度”的设定从“无所谓”的“一”到“极度严重，不可原谅”的“五”，一共分为五个等级，龟井让与会者根据自己的判断各抒己见。这样一来，与会者在接受受害人的咨询时，就能够更好地理解受害者的心情。

当讨论到“小学时，被罚亲吻老师的脸颊”一例时，一名在学校工作的男性以“这是过去的事”为由，评定其严重程度为“三”，但当他听其他与会者说“这个老师肯定是个惯犯”“简直太出格了”的时候，连忙将严重程度改成了“五”。

研讨会结束后，一名从事学前教育的女性感慨说：“此次我终于意识到，有些事即使我们觉得没什么，但在受害者看来却是非常严重的。”

会议上发放的用三张 A4 纸打印而成的资料，得到各地教育委员会的认可，他们认为这些资料是极具价值的进修材料。这些都是亀井从实践中总结出来的经验与智慧的结晶。

亀井认为，之所以会发生校园性骚扰，其原因在于师生之间的权力关系。其手段无外乎“汽车、手机与社团活动”几种。其社会背景在于“对待学生缺乏必要的人权意识”及“性别歧视思想”在作怪。她还指出，学校的封闭性及自净能力差（人们普遍认为学校是一片圣洁的净土）等问题也是引发校园性骚扰事件的原因。

关于受害学生无从倾诉的理由，亀井认为是由于“对方是老师（对老师的信任，操行评语要由老师填写）”及“不知道老师会把自己怎么样，很害怕”等方面的原因。

在这份资料中，也对受害者遭受来自周围的人的“二次伤害”进行了相关说明，其内容占总体的三分之一左右。其中最为典型的就是对受害者进行谴责，进而使受害者陷入窘境。所以，她建议人们在接受受害者咨询的时候，一定要站在受害者的立场上去倾听，如果以中立的态度去思考的话，在受害者看来，就是在袒护加害者。

虽然各地的教育委员会和学校不断有人邀请龟井去主持进修，但龟井对于他们的态度始终不满意："那些负责人以为只组织一次进修就万事大吉了。我问他们要不要继续下去，他们总是回答——'已经组织过了。'实际上这种进修要每年都搞才有意义。"

龟井等人提供的资料最后，用了一句受害学生的话作为总结："有人肯倾听，我才有勇气倾诉。我想让我身边的大人们知道，有必要去倾听孩子们的心声。"

根本原因在于体制

关于教师猥亵学生的行为，教育界相关人士总是说只是“少数不检点的人”的行为，也就是说，他们要强调的是“大部分教师都是认真负责的”。但龟井却不这么想，她认为这是“学校的结构性问题”。

学生在学校里经常面临着人权被侵犯的危险，其具体表现就是不时发生的体罚现象及猥亵行为，这些都是侵犯人权的典型表现。在原则上，我们教育孩子们“人人平等”，但实际上抱有“教师的地位高于学生”“大人的地位高于孩子”及“男尊女卑”思想的教师依然不在少数。在这样的背景下，有些教师甚至抱有孩子可以任人摆布的错误思想。

曾经当过初中老师的龟井认为，问题的症结在于学校的方针及与其方针互相矛盾的隐衷上。

而且一旦事件发生，非但不向教育委员会汇报，反而欲掩盖事实真相的校长不在少数。校长们的托词往往是“为了孩子着想”“为了教师的将来着想”“绝不会是那样的老师，只不过是一时冲动罢了”。

“其实他们这样做完全是为了自保。狡猾的大人们将属于自己的问题通通甩给孩子们来背，这是万万要不得的。隐瞒事件的真相只会催生更多的类似事件。”

龟井认为，教育部门能否认识到事件的根源在于学校的体制，是否有意改进学校的体制，才是解决问题的关键。

那么，究竟如何才能让学生免于受害呢？入江直子的观点如下：

“只有力争从正面解决问题，才能真正有效杜绝类似事件再次发生。要想正面解决，就不能仅作内部处理了事，最好有第三方介入。再者，要想杜绝那些对事件视而不见的旁观行为，就要组织教师进行进修。”

据入江所言，即便发现同僚有猥亵行为，害怕告发后对自己有不利的影响而选择沉默的教师为数不少。

“这与霸凌事件中的旁观者现象如出一辙。受害者都会这样说：‘周围的其他老师应该已经发现问题了。’”

针对这一点，入江的见解如下：

“我们进修的内容，不是对加害者进行研究，而是要研究如何使自己不会变成一个旁观者。看到身边的情况有异时，要敢于阻止。如果教师之间都互相公开自己与学生之间的关系，增加透明度的话，学校的境况一定会大有改观。”

过去，每年公立中小学因猥亵而受到处分的教师人数仅为三人，现在其人数是以往的四十倍。然而实际情况并非实施猥亵的教师人数有所增加，而是因为过去置之不理的案件现在都被严厉追查的结果。龟井认为，对加害者的处分情况进行详细的跟踪调查，将迄今为止封闭于校园里的受害者的悲鸣公之于众，才能从中得出经验教训，今后才能制定出行之有效的方针政策。

“这样一来，学校中只要出现一名受害者，整个学校就都会受到影响。在防止性骚扰的过程中，我们自己也是受益匪浅。”龟井语重心长地说道。

无声的悲鸣

当初没能发声，如今再举报还有效吗？

第五章　无声的悲鸣

无法向任何人倾诉

刚翻开这本书的时候，读者不免会有这样的疑问:“学校里真的会发生如此不堪的事情吗？”读到这里，校园性骚扰的现状大概你们已经了然于心了吧？它是无所不在、无时不在的。我相信，如果将这一切公之于世的话，那么迄今那些被掩盖起来的“无声的悲鸣”定会反馈到我们这里。

本书改编自新闻连载《无声的悲鸣——学校里特有的事件》,因此本章也以此为题。在这篇新闻连载中，我想让人们听到那许多被掩盖起来的悲鸣声，更想让人们知道，教师猥亵学生的行为根本就是从学校权力结构当中衍生出来的一种犯罪。本书的另外一个目的就是解答受害者“当初没能发声，如今再举报还有效吗？”的疑问。

正如我们想象的那样，哦不，情况简直超乎我们的想象，连载开始后不久，就有读者陆续发来电子邮件和传真，让我们听到了她们的“悲鸣”。其中不乏学校方面刻意隐瞒,被读者揭发之后真相大白，最后上了新闻的案例。在本书的最后，我将一边介绍几个案例，对全书进行总结；一边探讨如何防止校园性骚扰这一重大而又沉重的课题。

与我取得联系的受害者都有一个共同的特点，那就是“我也曾遭受侵害，时至今日才终于有机会倾诉！”的心境。其中也有受害者找我咨询正在进行中的校园性骚扰。对此，我们也与相关人士携手，慎重地寻求问题的解决途径。能够在本书中公开的案例十分有限，下面我就做简要介绍：

案例 1

有一名没有署名的读者在其邮件中写道：“虽然这样做需要很大的勇气，但我想让大家知道，现实中居然有这么卑鄙无耻的教师存在，所以才撰写了此文。文章中的内容没有经过任何加工，都是事实。”

初中修学旅行时，一位教师潜入一位女生的房间，对其实施了猥亵。后来我们才知道，受害者如今已经是一位年过四十的家庭主妇了。

案例 2

“我自己也曾经有过类似的经历，每天都是哭着入睡的。如今已经过去十二个年头了。”这封邮件的主人精神状态极不稳定，三年前曾经企图自杀。

她还在邮件中写道：“时至今日我依然会梦到当时的情景。就连只是看到红色的汽车也会勾起我的回忆。每当我前往车站或是高中等那些与那件事有关的地方，我就会突然出现恶心的症状，或是不由自主地哭起来。有时候我在新闻或是报纸上看到与事件相关的地点，也是一样。甚至只是看到带有原班主任姓名的文字，我也会突然失控。”

案例 3

爱媛县一名三十多岁的家庭主妇说，高中时受害的经历改变了她的整个人生。

“我开始逃学，没跟家长打招呼就离家出走了。我很痛苦，也恨那个人。后来，我上了函授高中，拿到了毕业证。老师的本职工作是教书育人，可那个老师却让我的人生变得如此混乱不堪，我感到非常愤怒。”

这名女性对于我们的连载，说出以下这番话：

“这个连载说出了我不敢说的话，让很多人知道了我们所经历的一切，我感觉自己得到了救赎。是你们让这个世人都不敢正视的问题进入了人们的视野，谢谢你们。希望有同样遭遇的孩子会越来越少，同时也希望大人们都会为保护身边的孩子贡献自己的一份力量。”

案例 4

有很多人为此事苦恼长达数十年之久。“一想起往事，就让人愤怒不已。”一名四国地区的女性这样说道。

“小学五年级的时候，就在教室里，教导主任让我坐在他的腿上，然后从后边摸我的胸部。我既惊又怕，不敢对任何人说，上课也无法集中精力。这已经是三十多年前的事了。只要大人让小孩子闭嘴，他们就不敢对任何人讲。我心里一想到他领着高额退休金，过着舒舒服服的日子，就更加觉得他不可原谅，绝对不可原谅！”

有些受害者即便是到了五六十岁，她们的痛苦依旧无法对任何人倾诉，想要忘记却又忘不掉。我们收到了很多这种悲惨的控诉。

她们的共同点就是“无法向任何人倾诉”。愤怒与恐惧一直伴随着她们，几年、几十年过去，她们依然无从诉说自己的遭遇。即便对方是家人，是亲密的朋友，她们依然无法说出口，长期以来，这种痛苦如影随形，挥之不去。如今，有很多人感叹：“终于可以说出来了！”

即便受害者闯过了这一道难关，依然还有下一道难关在等着她们。她们说出自己的遭遇，经过一番咨询以后事情却没有任何进展，这个问题也在困扰着她们。

对受害者而言，她们非常害怕事情传出去。在之前的章节当中我们已经提到过，即便是发现了问题，学校或是教育委员会也会想方设法隐瞒事实真相，这是最主要的问题。在此之前，受害者不说，问题也就无法暴露出来，加害者也就一直在暗地里对受害者继续实施侵害，同时，受害者的范围也将不断扩大。体罚多发生在其他学生面前，而猥亵行为则多是在密室中进行的。由于是一对一的关系，所以受害者不说出来的话，就很难被人发现。

文部科学省每年都公示教师猥亵行为被发现的原因。以 2015 年为例，其中最多的是“受害者找其他教职员工咨询”，占 42.4%；其次是“警察与校方取得联系等”，占 31.7%。以下各条原因所占比例大幅减少，其中“学校及教育委员会的通报”占 8.5%，“加害者主动坦白”占 5.8%，“受害者本人及其家长向教育委员会提出申诉”占 2.7%，“现场目击”占 2.2%。

除了受害者找人咨询，或是加害者被警察逮捕，或是非常偶然的原因，总之这类事件是很难被发现的。2013 年 12 月，千叶县教育委员会公布的处分事例当中，有一例是因为高中老师和某学生请假的日子总是在同一天，校方觉得可疑，经过调查才得知事实真相，但这只是极少数的案例。

教育主管部门在接受了受害者的咨询以后，该如何应对的确是个令人头疼的问题。首先，如果没有咨询这一步骤，那么事情将不会有任何进展，这是不争的事实。所以说教育主管部门，尤其是教育委员会，应该进一步完善咨询机制，从而为后续工作铺平道路。以前都道府县各行政区内出现性骚扰事件频发的情况后，教育委员会才会发布“紧急事态”的警报，迅速将印有咨询电话的卡片发给学生们。但这种情况过不了多久就会被人们所遗忘。与此相同，多年以后，人们甚至会完全忘记有紧急对策与相关程序的存在。

虽然说不上是万全之策，但大阪市教育委员会的做法可算得上各地教育委员会的典范了。实际上，大阪市教育委员会采纳了龟井明子“应该让最为专业的民间团体入驻教育委员会”的建议，安排龟井为法人代表的非营利性组织“防止校园性骚扰全国网络”（SSHP）作为其咨询窗口入驻。虽然有时咨询内容会让教育委员会觉得很刺耳，但恰恰因为如此，人们才会越发觉得 SSHP 值得信赖。就像这样，让值得信赖的民间机构加入也不失为一个好的办法。

下面让我们来回顾一下第一章当中横山智子的案例。孩子们什么事都不愿意跟自己父母商量，一遇到困难她们首先想到的就是朋友。但是跟朋友商量以后，往往还是得不到自己想要的答案。除了朋友以外如果还有值得信赖的老师当然最好，可并不是所有学生的心目当中都有这样的老师存在。这时如果要是有一个“保证保守秘密”的咨询窗口的话，她们也就不会如此为难了。如果将这些具备专业知识的咨询人员纳入体制，让孩子们随时都能够进行咨询的话，那么她们的合法权益必将得到保障。我觉得全国各地的教育委员会都应该认真考虑一下我的建议。

体制问题

很多人对学校和教育委员会的刻意隐瞒以及不负责任的处理方式表示不满。

一名来自鸟取县的四十多岁的女性说:“我的孩子所在学校的教师出现丑闻时，教育委员会及教师工会的态度简直令人震惊。他们根本就不理会学生的死活，也不在乎家长的意见，考虑的只是如何才能保住教师的饭碗。教师工会更是将责任全都推给了校长。在处理涉事教师的说明会上，我终于明白了，教育委员会的本质就是袒护他们自己人，全国都是这样的。”

一名三十多岁的女性，原本是学校的教导主任，却因为揭发性骚扰而使自己丢了工作。她在字里行间道出了自己的无奈:“我在进修课上知道了性骚扰属于犯罪行为，现在我仍然牢记在心。我原以为学校里应该更严一点才对，我真是太傻了。但是我很坦然。你们能够写出这么好的新闻稿，我看了真的很感动。”

第三章中的伊藤早苗的母亲惠子，也将自己的愤怒指向了教育委员会的制度。面对无论收集多少证据教育委员会都不予采纳的现实，她感叹道："教育委员会为什么对如此重大的事件放任不管？他们只是一味地说事实不清，有好几名受害者实名举报，举报内容又如此详细，只是因为加害者拒不承认，就无法判断是非黑白，世上还有比这更荒唐的事吗？调查事件的真相不正是教育委员会该做的工作吗？"

的确，调查不是一件容易的事。尤其是在加害者拒不承认的情况下，要收集到足以对其进行处分的证据就越发困难。但是，我觉得教育委员会更倾向于把困难当成借口，来袒护属于教育体制内部的教师。

学校以及教育委员会首先考虑的应该是如何救助受害者，而不是学校的安稳和如何保住自己的地位。若非如此的话，日本的校园性骚扰问题将永远解决不了，校园性骚扰事件还会在不同时间、不同地点不断重复上演。

另外，许多教师发来邮件，强调"我们学校根本就不存在霸凌、体罚或是猥亵的现象"。但我认为重点不在于学校中有没有此类现象的存在，而在于当问题发生时，学校是否能够应对自如。这些问题随时都可能出现在任何一所学校里，如果从一开始就否认其存在的话，那么一旦出现问题，这些学校将不知该如何应对。说得严重一点，甚至可以说几乎所有的学校都无法应对自如，其原因就在于校长身为解决此类事件的关键人物，根本没有受过解决相关问题的专业训练，是个彻彻底底的外行。

有关教师的丑闻可谓层出不穷。如果从一开始就认为"绝无可能"，没有任何防范措施，一旦出现问题必将无从应对；如果做好"出现这种情况并非不可思议”“事件发生后如何应对”等思想准备，且对应对措施等进行认真调研，就会无论发生什么情况都能应付自如。前后二者之间简直是天壤之别。在调研过程中，教师与教师之间可以就此问题展开讨论，这无疑会有效防止此类事件的发生。调研的成果不会仅仅局限于性骚扰问题，教师们同样会认识到孩子们的人权问题，从而有效杜绝体罚学生、侮辱学生事件的发生。如此一来，教育水平无疑会更上一个新的台阶。

教师的意识

在众多读者来信当中，很多人指责身为加害者的教师存在思想意识上的问题。

山口县一名三十多岁的家庭主妇的看法如下：

“我不知道这些教师是不是真的会对小孩子产生恋爱的情感,即便真的会，那他们的理性跑到哪里去了？真是让人无法理解。我只觉得一阵阵的恶心。但随着内容的深入，我对一件事越发感兴趣了，那就是无论什么样的人，都会有脆弱和愚昧的一面。”

这名主妇继续写道：

“究其原因，究竟是在教师培养的环节上出了问题，还是因为学校是个封闭的世界，才会这样呢？抑或是由于家庭方面的原因？或是上述因素都有呢？我也有女儿，这些问题不仅是别人的事情，也与我密切相关。”

一名大阪府的男性给我们发来邮件，他认为“或许一半以上的教师根本就没有意识到，自己在学生面前是高高在上的”。

“有一位老教师，他退休以后还想为社会做点贡献，很热衷于居委会等组织的各项志愿者活动。他跟人打交道时总是一副高高在上的姿态，所以自然不讨人喜欢。有他参加的活动，结局多是不欢而散。在我看来，老教师中的 70% 到 80%，虽然能够以他们自己的处世方法与其他教师和睦相处，但在社会上却寸步难行。‘大家都要按我说的去做，谁不明白我就教育教育他’，这就是他们的处世态度。他们认为这种态度在不懂事的孩子面前行得通，在其他人面前也一定行得通。这是教师的职业病。”

我不完全同意他的意见。因为教师从事的是教书育人的伟大事业，在我所熟悉的教师当中，态度谦逊且充满工作热情的人也有很多。有人指出，让教师们生活在这个与世隔绝的社会当中，或许也是发生校园性骚扰的原因之一。

熊本县的一名家庭主妇来信说：“究竟该如何是好呢？取消私密性较好的教室，以保障校园的透明性吗？但是努力减少外部因素的影响所带来的效果终归有限。难道不应该让教师也增加一些社会经验吗？”她还写道：“让他们多与从事服务业及农业等行业的人接触，懂得感谢大自然的话，他们的人性自然也会得到提升吧。我希望他们接触到社会以后，能够认识到自己并不是神。”

像这样，让教师进行其他行业的进修，问题就会迎刃而解吗？

我觉得与其这样，倒不如让教师有机会接触立场各异的人们，与之自由交流。为此，学校招聘外部讲师在校内主持进修，让教师积极参加校外的进修会、研讨会等举措就显得尤为必要。但是有的一线教师抱怨说：“每当我们参加外部进修的时候，管理人员总是抱怨连连。”这就是说，如果校长与教导主任不积极支持此类举措的话，教师所处的环境就会变得越来越封闭。

社团活动

我们在第三章中围绕社团活动所衍生出的问题进行了阐述，此章内容在读者中引起了很大的反响，甚至有很多读者认为社团活动就是猥亵行为与体罚的温床。

某高中医务室的保健医接受了很多正在遭受猥亵的学生的咨询，这名保健医在邮件中写道："我身边有许多正在发生着的类似事件。

"有个学生，在过去的一年里一直被教练侵害，无论在身体还是在精神方面都受到了很大的伤害。我一直和她保持着交流，直至她的状态有所好转。一年后，她跟我说出自己经历的一切。"

这名保健医与学生之间建立了互相信赖的关系，于是受害学生就跟她说明了一切。但受害学生叮嘱她说："非常感谢您能听我倾诉，但是请不要公开这件事。"可是除了这个学生，还有很多学生也需要她的帮助，于是她继续跟这个学生交涉，结果这个学生终于改变了主意："如果不说出我的姓名的话，这件事可以告诉校长。"

"我想在不公开受害者姓名的情况下对加害者进行举报，但校长和教育委员会却说如果不公布受害者姓名的话，则很难展开调查。"

从她叙述事情经过的邮件中，我们感受到了她的焦虑。后来，学校与派遣那位教练的机构取得联系后，说是那个教练由于承认了事实，所以即便是在不公开受害者姓名的情况下也能对加害者进行处理。最近，出现了几个即便是受害人不公开自己的姓名，只要事实关系清楚，就可以对加害人做出处理的案例。

有一名至今未能听到女儿亲口讲述真相的母亲这样说道："即便流言消失了，对我和我女儿来说，事情都依然没有结束。我没能给女儿出什么主意，我不配当她的母亲。这孩子的言行举止稍有异常，我就会十分自责。但是比起失去的这一切，她能活着就比什么都强，只要她活在这世上，我就感到无比欣慰！"

也有很多读者发来邮件，指出在社团活动中，教师对学生的体罚谩骂是个不容忽视的问题。

有这样一个典型的案例："我的孩子参加了高中运动部的活动。教练的体罚及语言暴力简直就是家常便饭，即使向学校反映也仍然无济于事。孩子们只有唯唯诺诺、忍受着谩骂度日。孩子就好像是人质一样，家长什么话都不敢多说。"（来自一名四十多岁的女性）

茨城县一名三十多岁的女性回忆道："我上初中的时候也有过类似的经历。排球部的教练常把一句'不能取胜就是白活'挂在嘴边，体罚就是家常便饭。被打耳光打得鼓膜破裂的不止一两个人。其他教师对他的行为也都采取默认的态度。"

教练把部员当狗，叫部员的时候常说："那两只，过来！"

"根本感觉不到他有任何温情，他只是把学生当成自己的工具。腰疼的时候，他就会把我一个人叫到社团活动室，给我贴扎。他把手伸进我的内裤里，在根本不需要进行贴扎的地方贴扎。他还乱摸我的下体。”

这名女性当时将这些自己不堪忍受的事情告诉了母亲。她的母亲找了一名当老师的亲戚商量，亲戚劝她们:“孩子的操行分掌握在老师手里。不要把事情闹大,不然会影响到他们的将来。”结果这件事就不了了之了。这名女性指出:“我隐约觉得这才是问题的症结所在，因此无论如何也无法释怀。”

私立学校

私立学校要比公立学校的情况更加复杂。正如我们在第四章中看到的，私立学校处理这类问题的原则就是内部解决。私立学校一旦出现问题，将直接影响其招生，这对私立学校来说简直是生死攸关的大事。

学校方面担心口碑不好会导致报考本校的学生数量减少，所以拼命掩盖事实真相。如果出现性骚扰事件的话，肯定会对学校的口碑产生不好的影响。如果某个社团能够在全国大赛上取得成绩的话，对学校来说无疑是一次最好的宣传，所以对于能够带领学生取得成绩的教练，校方根本就不想对其进行处罚。所以，因性骚扰问题而处分社团活动的指导者，这对于私立学校而言是触碰不得的禁忌。所以私立学校必定会费尽心机隐瞒事实真相。

某所私立高中的一名男性教师在邮件中提到，他所在学校有一位资格比自己更老的教师有猥亵行为，但由于私立学校特别重视口碑，如果揭发他的行为，自己在学校内的处境肯定会非常尴尬，实在不知道该怎么做才好。

另外一名负责私立高中社团活动的教师来信反馈说:“多名女性学

员遭到猥亵后找我商量，我将这件事反映给了校长后，那名社团教练却像什么事都没发生过一样，仍旧继续当他的教练。”其中女学员向他反映的情况包括“被摸屁股被摸脸”“外出比赛时被叫到旅馆的房间里，让我给他按摩”“我生病时，他随便出入我的宿舍”“他每天都给我打电话”等。

我向这名教师询问了详细情况，采访了身为加害者的男性社团教练，同时也采访了该校校长。校方虽然承认该教练的行为有问题，但却赞同教练“这并非是性骚扰”的说法，只是让该教练写了保证，并未对其作出任何处分。该社团在比赛中成绩优异，而校方看中的恰恰只是该教练的指导能力。我想校方包庇此事大概与此不无关系。

我趁着学校放学后，该教练外出的机会找到他，对他进行了采访。他承认了外出比赛时将学生叫到自己的房间，让学生给自己按摩，还有擅自闯入女生宿舍的事实，但却声称他这么做都是为了学生好，这也是对学生进行指导的环节之一。

下面是采访过程的再现：

池谷：“你摸了学生的屁股吧？”

教练：“一般情况下，这个动作表示‘加油’什么的……”

池谷：“需要拍得啪啪作响才行吗？”

教练：“哈，我就说你们肯定会说起这件事。要是这么说的话，我就什么也不干，只能这么干巴巴地指导了，是这么回事不？”

这名教练说着，将手背到了身后。

池谷:“那就是说，要想鼓励一下，就一定要把女生的屁股拍得啪啪作响，外加摸上几下吗？”

教练:“平常就是这么干的呀。但现在这件事闹得沸沸扬扬，我也不得不收敛了。就是指导的时候谁都不碰，这样总该行了吧？”

池谷：“现在是怎样的情况呢？”

教练：“不让的话，我就不那么做呗。现在什么也没做。”

池谷:“校长说让你写了保证，保证若今后不再做出格的举动，就让你继续执教，这个保证你写了没有？”

教练：“既然都这么说的话，那今后我在指导的时候就什么都不碰，这不就得了。”

池谷：“那你写保证了吗？”

教练：“嗯。不是都说了，今后不会了。”

回答完我的问题，教练提出了一个令我感到意外的问题。

教练：“那握手算吗？”

池谷：“握手吗？”

教练：“那改成击掌？”

池谷:“我也不知道击掌到底算不算，但作为击掌的后续动作，摸这摸那的终归是不好吧？”

教练：“那我现在什么都做不了了。我还以为击掌什么的无所谓呢，所以击掌现在还是在做的。”

没有身体接触的指导

在神奈川大学从事教师培养工作的入江直子愤然道:“社团活动的执教人员应当立即停止对学生有身体接触的行为。即使不进行身体接触，也能很好地进行指导。日本的教师与学生的身体接触实在是太多了。”

据文部科学省2013年出台的《运动类社团活动指导纲要》中规定，在指导过程中不得对学生进行体罚与性骚扰。该纲要还强调:“除上述行为以外，在指导过程中与学生有身体接触时，须注意社会是否认同其必要性及是否得体。”入江对该纲要中所规定的内容极为关注。

“这就是说除了特殊情况外,绝对不要触碰学生的身体。此前的执教者一直认为跟学生有身体接触是理所当然的事，看来此后我们需对这种指导方法进行重新评估了。”

入江一针见血地指出:“很多加害者自认为，他们所做的事情并非就是性骚扰，只不过是做一些身体上的接触罢了。我们应该避免做一些不必要的身体接触。像美国等，即便对方是孩子，也不能随便做身体上的接触，这就是他们的人权意识。在日本，人们则从来不认为身体接触有什么问题，但我觉得这个问题应该严肃对待。”

另外，入江还指出了学校社团活动中的根本性问题，那就是应该在大学的教师培养课程中，对即将毕业的师范类学生进行社团活动指导方法的培训。无论是初中还是高中，教师们对社团活动都投入了大量的时间与热情，学生们的社团活动也占用了他们大量的生活时间。即便如此，教师培养课程中却几乎没有针对此项内容的课程。入江认为这是个相当严重的问题。

“教师们只是在运用自己独创的指导方法进行指导。目前的状况就是，传统的‘斗志论’在社团活动中占主导地位，而没有人使用科学的指导方法。社团活动在学校中的地位如此重要，但教师培养课程当中却不见这门课程的影子，实在让人觉得不可思议。”入江强调道。

体罚与猥亵

体罚与猥亵的主要事发场所就是社团活动地点，而且这两种行为往往是同时登场。就像我们在第三章中所描述的那样，对指导者的绝对服从所衍生出来的绝不仅仅是体罚。较之容易被其他人发现的体罚，猥亵往往发生在私密性较好的房间中。因此要对猥亵行为进行揭发，也是困难重重。或许我们可以将其归纳为："体罚在明、猥亵在暗。"就如同我们之前所看到的一样，如果加害者矢口否认的话，那么学校与市教育委员会多半会以"事实关系不清"为由，将事情搁置下来，不做任何处理。

入江认为，由于教育部门对猥亵行为有重罚的趋势，因此涉事教师对自己的行为矢口否认的现象也有所增加。

"很多人意识到，只要承认性骚扰行为就是死路一条，教师职业生涯必定会就此终结。就因为教育部门对待猥亵的态度是秉着从重处罚的原则，所以涉事教师即便有此行为，也会矢口否认，而且是接二连三地否认，直至无路可退。"

很多加害者都是抱着拒不承认的态度，因为要是承认的话，就会地位尽失，声誉尽毁。他们大概认为，只要死不认账，就会有一线生机。实际上也是如此。这就是日本教育界的现状。

很多社团活动的教练对于猥亵行为拒不认账，但一说到体罚，却突然改变态度，马上承认，还振振有词，说这并不是什么了不起的大事。第三章中的剑道部教练原口达也正是如此。

现在社会上有很多人都认为，教师在学校里对学生进行体罚“不是什么大不了的事”“也是因为没有办法”。或许，觉得体罚不是什么了不得的大事的人占绝大多数吧。对此，我觉得十分不可思议。虽然在原则上不允许对学生进行体罚，但很多教师和家长从心底是不反对体罚的。我上小学的时候，母亲曾经对班主任说:“老师，他要是不听话的话，你就可以‘啪’地给他来那么一下子。”虽然时过境迁，但是人们对待体罚的态度却始终没有发生太大的改变。广岛县教育委员会告诫教师:“如果家长说‘我们家孩子要是不听话，您就打他’之类的话，千万不能当真。”

人们都相信体罚就是“爱的鞭笞”,甚至有些新闻记者也会有这样的疑问:“体罚真的是那么十恶不赦吗？”尤其是有过被体罚经历的人，更是对体罚持包容态度的居多。《学校教育法》中明文规定，禁止对学生进行体罚，但是有过被体罚经历的教师却对体罚持宽容的态度，如此一来，就形成恶性循环，体罚将一代又一代地延续下去。

日本社会可以说是一个对暴力相当宽容的社会。男人对女人、成人对儿童、上司对下属、强者对弱者施以暴力，人们常对此熟视无睹。甚至在有些公众场合发生的暴力行为，也仍然无法引发人们的关注。无论是家暴、虐待还是职场暴力[1]，其原因都如出一辙。

[1] 职场暴力（power harassment），即职场地位处于优势的人运用自己的权力及地位优势，对他人进行骚扰的行为。

施暴的一方从不觉得自己做错了什么，他们总是认为错在被施暴方，认为被施暴方“说什么都不听，这也是无奈之举”。甚至有些施暴者说这“完全是为他着想”“这是为了他好”，认为自己的暴力行为对于他人而言是一种恩惠，抱有这种想法的施暴人并不少见。

举个浅显的例子，比如说学校里的体罚。多数教师在对学生进行体罚时，都会认为这是为了孩子们好。绝对没有人会意识到，这种行为是强者运用自己手中的权力对弱者施以暴力的行为。意识不到有问题，才恰恰是最大的问题。

突然对走在路上的陌生行人进行殴打的话，施暴者一定会被判处寻衅滋事罪或是伤害罪，但教师在学校里做出同样的事，却几乎从来没有被问责过。就算是有人检举，如果孩子没有受到大的伤害的话，校长及教导主任也会对这种“无谓的小事”视而不见；如果是学生被打破了耳膜，对涉事教师做出处理，其理由也一定是“指导过当”，而不是“指导失当”。

其症结在于人们对日本教育抱有这样的传统观念：教师是一个特殊的人群，他们这样做完全是为了孩子好，因此，学校也好，社会也罢，才会都对体罚抱以宽容的态度。加之学校常常会隐瞒一些对自己不利的情报，所以以前有关体罚的事件就都被压下来了。

但自从 2012 年 12 月，大阪市立樱宫高中篮球队队长因不堪体罚之苦自杀的事件被曝光之后，人们对待体罚的态度多少发生了一些转变。由于一段时间以来媒体对此事件进行集中报道，文部科学省也一再强调禁止对学生进行体罚，以前大肆宣扬“体罚是天经地义的事”的人也不得不在公开场合收了声。

樱宫高中男生自杀事件在社会上引发极大的反响之后，文部科学省 2012 年度公示的因体罚学生而被处分的教师人数较上一年度增加了 5.6 倍，达 2253 人。至 2013 年度，其人数更高达 3953 人。这并不是说有体罚行为的教师人数有所增加，而是因为从前瞒而未报的体罚事件逐渐浮出水面的结果。

1990 年因猥亵而被免职的公立中小学教师人数仅为 3 人，至 2012 年则陡增近 40 倍，多达 119 人，其中原因与体罚如出一辙。

体罚问题引发了广泛的社会关注之后，一名公立初中的教师发来邮件，记述了发生在教研室中的一段对话：

教师 A："不对学生进行体罚的话，怎么才能让他们听话呢？社会上闹得沸沸扬扬，真让人不得安生。不过几个月以后这件事就会被逐渐淡忘了吧。"

教师 B："有时候就得视而不见。"

校长：（点了几下头）

教师 A："我也就只能踢踢桌椅了。"

校长："使用暴力可不行。指导的话，嘴上怎么说倒是都无所谓。"

发邮件的这名教师还在他的邮件中写道："教师在学校里拥有绝对的权力"，"地方上和一部分家长都认可甚至鼓励体罚"，他认为家长对体罚持支持的态度是个很严重的问题。

如果像我这样，把体罚与猥亵放在一起讨论的话，对暴力持宽容态度的人一定会说："体罚与猥亵行为不能相提并论。"那是因为"体罚是为了学生好，而猥亵只不过是为了满足自己的私欲，性质全然不同，相提并论的话实在是不妥"。但事实果真如此吗？在学校里，社团活动的指导者往往多是既有体罚行为，又有猥亵行为。这两者在本质上是相同的。“体罚是因为过于热心，而有猥亵行为的人则是变态，是败类。”持这种观念的人往往无法理解这两种行为的本质到底是什么。正如我们在第二章中所见到的，原本不是变态，而只是普通教师的，但在学校这个组织中，一步步成为变态的也并不罕见。

有很多人认为，性犯罪的加害者是因为“性欲得不到满足”才会实施犯罪。除此以外，对儿童进行猥亵的人往往被认为是“有特殊性癖”。但人们往往认为教师猥亵事件中的加害者行为不在上述之列，当然其仍属于具有危险性的犯罪行为。

我在采访过程中发现，在众多有猥亵行为的教师当中，有很多加害者都试图对受害学生加以控制，想让学生完全遵从自己的意志，把她们牢牢控制在手中。其实体罚也是一样的道理。体罚从表面上看是“为了孩子着想”，但凡事只要付诸体罚，学生就会乖乖听话。如此一来，教师也就可以通过体罚令其成为任自己摆布的工具。有时，当学生不听话时，教师为了缓解自己的焦躁情绪，也会对学生进行体罚。总之，在体罚行为当中，“控制”是一个极其重要的关键词，这与暴力难脱干系。屡次引发杀人事件的尾随、家暴等行为已经成为极为严重的社会问题，这些行为无疑也是由于对交往对象及自己妻子的控制欲所导致的。

综上所述，抛开身为加害者的教师的主观意识不谈，无论是体罚行为还是猥亵行为，“对学生进行控制”这一点是共通的，不知广大读者是否已经参透了其中的玄妙。

我们需要的绝不是妄想对孩子们进行控制的教师。有这种教师的存在，对孩子们来说是一种不幸。最后，我们衷心希望日本的教育能够将孩子们身上蕴藏的无限潜力开发出来。这是我们殷切的愿望。

后记

总有女性朋友问我：“为什么会想起做关于校园性骚扰问题的专题呢？”我觉得她们的潜台词一定是“你一个大男人”为什么会对性骚扰的问题感兴趣。即便她们不直接说出口，我也能从她们的目光中觉察得到。

当初在东京召开的研讨会现场，我初次与“防止校园性骚扰全国网络”（SSHP）法人代表龟井明子打交道时，她也是这样问我。性犯罪的受害者无疑以女性居多。因此SSHP将其活动的重心放在“维护女性权益”上，SSHP在全国拥有约一百五十名成员，其中多半是女性。

诚然，作为一名新闻记者到研讨会上进行采访，倒是与性别没有任何关系，被采访的对象自然也不会把注意力放在这上面。如果只针对会场上讨论的内容进行采访，得到的只是一些表面和原则性的东西，要想深入取得更进一步的资料，就要在会后下一番功夫。组织者和与会人员在会议结束后共聚一堂，举行了联谊活动。能否顺利进入联谊活动的会场，是能否取得理想采访效果的关键。在各种场合中装模作样、扮作业内人士混迹其中是我的看家本领，可这次我却有些束手无策了。由于主题相当严肃，有很多外行人无法探知的秘密。全场充斥着非知情人员本不得出现在此的氛围。

在众多的女性当中，只有我一个男性，当时的画面就是这样的。大家都用“这是谁啊？”的眼神看着我，那场面实在令人尴尬。不得已，我只好第一个说话：

"不好意思啊，就我一位男士。"

一番结结巴巴的自我介绍后，我表明了自己的身份，并说明自己正在做教育方面的专题采访。自从那次以后，我就取得了龟井的信任，并与其合作了长达十余年。

就像在这本书的前言中所说的那样，"学校里绝对不允许发生的事"激起了我的怒火，这就是我针对此类事件进行跟踪采访的出发点。在对教育行政部门进行采访时，我了解到问题的严重性；在与龟井打交道时，我才知道性骚扰问题是根深蒂固的顽疾。与此同时，我也结识了第一章中的横山智子。我简直是义愤填膺。我的出发点就是如此的单纯。

从那时起，耗费了大量时间与心血，时至今日，才终于整理成一册完整的书籍。

小孩子即便感觉自己受到了不公正的待遇，也很难开口对大人说"不"，更不用说是面对权力在手的教师了。就算是遇到诸如校园性骚扰之类对自己的人权进行践踏的事情，孩子们仍然没有勇气说"不"。

我想让更多的人了解"校园性骚扰"究竟为何物，因此这本书就以"校园性骚扰"为题。

语言也是一种武器。当我们遇到一种不知如何表达的"令人困惑的事物"时，给它取一个合适的名字，或许就会引起当事人或是与之相关联的人们的关注。或许只有这样，才能够引起人们对发生在眼前却熟视无睹的问题的注意。

其实无论是"性骚扰"还是"虐待"，都是在相应名词出现之后，才引起人们的关注，人们才会重新认识这些存在已久的问题。从前，人们不知道何谓"性骚扰"，只晓得"一个老色鬼色眯眯地盯着我看，还伸手在我身上乱摸"；不知道何为"虐待"，只晓得自己被"狠狠地教训了一顿"。

只有在相关名词广为人知以后，之前人们认为“并不是什么大问题”或是“与我无关”的问题，才会真正引发人们的关注，人们才会思索问题发生的原因，才会致力于解决这样那样的问题。

“校园性骚扰”是一个非常具有影响力的词，它最初诞生于20世纪90年代初。“性骚扰”这个词获得“新语·流行语大奖”的新语项目冠军的时间是1989年，几乎与此同时，“校园性骚扰”这个词也随之诞生了。

原本“性骚扰”一词只适用于职场，后来教师们希望改善职场环境，才使得校园中的性骚扰问题浮出水面。后来，在1997年颁布的《男女雇用机会均等法案（修正案）》当中规定，企业有义务对内部出现的性骚扰问题进行调解，而公务员则应在此时起到模范带头作用。正因如此，当时在全国范围内兴起了一场改善教育职场环境的运动。人们普遍有了抵制教职员工性骚扰，尤其是男教师对女教师的性骚扰的意识。以前说一句“只是玩笑而已”“没什么大不了的”便了事的行为，此刻却再也行不通了。

就这样，人们对校园性骚扰的认识，首先是从教师对教师的性骚扰开始的。进而以往被“私下处理”的教师猥亵行为，也逐渐被人们重视起来。

“校园性骚扰”一词至今尚未被广泛使用，但是已经在教育工作者中间渐渐形成共识，泛指发生在校园内部的各类性骚扰行为，包括学生对学生的性骚扰及教师对前来实习的大学生的性骚扰。在本书中则特指那些引发社会广泛关注的教师对学生进行猥亵、性骚扰的行为。

第一章中出场的横山智子，上高中时遭到教师性侵害，但她却一直责怪自己：“我要是不去就不会出事了。”第三章中的伊藤早苗，初中时遭到教师性骚扰，但却迟迟不能确定那就是犯罪。另外，两起事件的加害者，多少年后仍然能够逍遥自在地活跃在教育舞台上，甚至还能够继续道貌岸然地在教室里教书。上述两位受害者如果知道她们的遭遇就是我们所说的“校园性骚扰”的问题的话，或许她们就会更早地反应过来吧。可这两位受害者当时根本就没想到教师会实施性犯罪，更不知道居然还存在这样的社会问题。

我和龟井携手，一起探究校园性骚扰的相关问题。龟井也当过初中教师，她创立 SSHP 的起因，就是她的一名同事参与的一起性骚扰案件。由于“猥亵”一词给人的印象十分不好，所以她才会在机构名中使用“性骚扰”一词。

此类案件的犯罪要素“猥亵”及“用色眯眯的目光盯着我的身体看”都带有很强烈的感情因素，“性骚扰”一词充分包含了上述两个要素，足以还原事件的原貌。从受害者的角度考虑，“性骚扰”一词在控诉时也比较易于表述。很多受害者找不到商量的对象，非常苦恼。为了寻求解决途径，她们首先会在网上检索，而检索时选择恰当的关键词尤为重要。这个关键词，最好能够在找到解决问题的入口的同时，也能找到解决问题的出口。因此，较之“教师猥亵问题”，“校园性骚扰问题”这个关键词不仅仅涉及面广，而且容易捕捉到问题解决的方式。

还不止于此。“教师猥亵”更容易让人捕捉到加害者个人素质的问题，而“校园性骚扰”这一关键词，则更能凸显出学校组织结构方面的问题。教育界有意将这个问题淡化，将其定性为“个人犯罪”。只是找出问题教师，将其免职，并不能一劳永逸地从根本上解决问题。

“这着实是让人为难，但任何组织当中都有害群之马。”“这只不过是一部分不检点的教师的行为，不能将所有教师都一棒子打死。”持以上论调的人主要都是教育工作者。甚至就连文部科学省或是教育委员会的负责人，有时也会发出这样的感慨。

在一次某县教育委员会与记者俱乐部的座谈会上，针对教育长关于校园性骚扰“只不过是一部分不检点的教师的行为”的发言，我进行了反驳，我的发言使得现场和缓的气氛立刻就紧张了起来。

“没有必要闹得如此沸沸扬扬吧？”这是很多教育工作者内心的真实想法。有些接受防止性骚扰培训的教师甚至也有“我又不做这种事，简直是浪费时间”的想法。更让我们想不到的是，竟还有人针对我们进行调研的问题进行批判：“你们这是在丑化教师形象”“教育第一线会因此而萎靡不振”。看来学校与社会对这个问题在认识上存在很大的差异。

的确，多数教师对待教学的态度都是勤勤恳恳、任劳任怨。但是，“多数老师任劳任怨，所以没必要在这上面大做文章”，这样的逻辑显然站不住脚。我认为问题的根源不在于此，便继续取材调查。只要学校里的冷漠与明哲保身的氛围存在一天，这个问题就永远不会解决。

此次专题采访的最大的目的就是让有猥亵行为的教师从学校里永远消失。为此，我希望当局者能够制定校园性骚扰相关罚则及有效防止校园性骚扰事件的对策，最终推出一套“校园性骚扰防止法”。但即便是制定了相关法律，也不能完全杜绝性骚扰事件的发生。有了法规，还需要更加切实有效地推进相关政策的实施。那么究竟该从何处着手呢？

对于我本人而言，就是对本书进行编纂整理。本书中记述的内容，就好似将棋[1]的“复盘”。专业选手对局结束后，对棋局的讲解就好像是视频的回放，“走这一步棋的理由是什么”，“如果走在这里的话会怎样”。讲解人员在回顾棋局的过程中，彼此互相交换意见。由此，可以对过去的经验教训加以总结。我整理这本书的目的也在于此。虽然受害者的遭遇无法改变，但通过对过往事件的回顾，我们可以从中得出教训，用以防止今后此

[1] 将棋，棋类游戏的一种，发源于印度，唐朝时经中国传至日本。纵横各九列的棋盘上双方二十个棋子，先吃掉对方王将的一方获胜。

类事件的再次发生。

与此同时，很多受害者在长达数年乃至数十年的时间里无从倾诉自己的遭遇，心灵上的创伤更是久久不能平复。我的第二个目的就在于此。新闻连载的那段日子，有很多人来信说，她们都有过类似的经历，但一个人势单力孤，无法进行抗争，是我们帮她们说出了心里话。

通过将新闻连载的内容整理成册，至少达成了上述两个目的。

其实在写这本书的时候，我所考虑的不仅有这些，还对教师手中的权力有了全新的认识。此外，我还有一个很大的野心，就是想通过自己的努力，改变日本教育的整体状况。而引发教育界发生改变的切入点，或许就是人们眼中的禁忌，即教师猥亵的问题。可以说日本教师与学生之间的关系，全部都凝缩于此了。

日本教育的实际情况就是，教师并不是对学生因材施教，使其个性得到充分的发展，而是通过对学生的管控，将学生塑造成自己所期望的样子。在这个过程中，教师剥夺学生们的权利，压抑学生们的个性，而教师本人对这种情况却毫无察觉。我要将这种情况公之于世，以期改变日本教育的现状。

抱有“老师也并不是绝对正确”“真是如此吗？”“有点不对头”等想法的学生越多，敢于质疑老师、善于自主思考问题的学生越来越多，这才是真正值得庆幸的。

在对教育相关问题进行采访的过程中我发现，在自我评价过程中，较之欧美及中国人，日本人的自我认同感极其低下。之前实施的若干调查结果表明，日本人的自我认同感极低，这与日本学校教育的现状有很大关系。日本的教育就是死记硬背，谁的成绩好，谁就优秀。虽说日本人的自杀人数在逐年减少，但每年仍有两万多人死于自杀。或许日本自杀人数居高不下的原因就在于我们这种自我否定的思维方式上面。

其实我最想让学生们读到这些报道，但这些报道最初是刊登在报纸上，现在的年轻人很少有人看报，所以他们很难有机会看到这些报道。后来我听龟井明子说起，中小学女生人气杂志《Nikola》登载了她执笔的有关校园性骚扰的文章以后，她就接到了许多咨询电话。于是，我就把这本书推荐给很多面向学生的媒体及教育相关人士，希望更多的孩子能够读到这本书。希望她们读完这本书之后，能够勇于向那些荒唐的行为说“不”。

有些曾经有过猥亵行为的教师，这一刻仍然在教室里教书。我们除了要预防那些悲惨的性骚扰事件，更要杜绝教师将自己的想法强加于人的填鸭式教育，努力完善日本的教育，让孩子们的个性能够更好地发展。

在采访时我们得到了很多人的帮助。首先要感谢担任共同通信社社会部部长的石龟昌郎，是他提供给了我们六十回连载的超长篇幅，还有采访部主任山田昌邦。每回连载的照片都是由摄影家中藤毅彦拍摄，摄影部主任金子武史再从众多照片中加以选择登载。本书日文原版封面及各章扉页的照片皆为中藤的作品。此外，《死刑就好了——孤立而造成的两起杀人事件》（共同通信社与新潮文库）与本书一样，也是经过长篇连载后，被改编整理出版的书籍，该书出版后，幻冬社编辑大岛加奈子就联系到我，并在本书出版之际给了我莫大的支持，在此特表感谢。最后，还要感谢 SSHP 的龟井明子与入江直子，还有许多无法公开姓名的、将自己的亲身经历毫无保留地分享给读者的人们，没有她们，本书就不可能问世。在此，特对以上各位表示诚挚的谢意。

2014 年 9 月

池谷孝司

文库本[1]出版后记

究竟如何才能杜绝校园性骚扰呢？自从单行本出版至今，已经过去了两年半的时间，这期间我收到很多读者的咨询信件，也经历了许多挫折，这个问题却始终在我脑海中挥之不去。

事态在不断恶化。前言中的"因猥亵行为受处分的公立中小学教师人数"统计是截至文库本出版之际的最新数据，其中最近三年的人数都超过了两百人，较之以往年份，增加幅度惊人。

虽然情况每年都在不断恶化，但教育部门始终没能推出行之有效的对策。

得以顺利解决的案例虽然有所增加，但这并不代表整体情况出现了转机。最近，即使有教师觉察到身边其他教师有性骚扰嫌疑，向校长反映情况后，校长也还是像从前一样拖拉敷衍。这样的情况并非少数。有时候事件也能够迅速解决，那就是有警察介入的时候。如果警察得知校园中有人正在实施性犯罪的话，就会逮捕有性骚扰行为的教师。这时候校长就会出面向教育委员会解释："我并不是有意隐瞒这件事。"教育委员会也会以"处置不当"为由对校长进行处分。究竟为何同样的事件会周而复始，屡屡发生呢？

[1] 文库本，在日本出版业中的常用词，指便于携带的小开本图书。

我想，正是因为在学校里，凡事的是非曲直都是由校长做决断的。

校长在学校中的地位与企业中的老板地位相当，学校里发生的一切事情都由他全权负责。如果校园内发生性骚扰事件的话，首先要以校长为核心对事件展开调查。但是校长既非刑侦人员，亦非检察人员，更不是法官，既没有相关案件的调查经验，也没有接受过相关培训。因此，由这样一位面带笑容、和蔼可亲的校长组织的调查，未必能查出事实的真相。

就是这样一个彻头彻尾的门外汉，突然有那么一天，就要肩负起对案件进行彻底调查的重任。

本来查明事实的真相就是一项艰巨的任务，尤其是要弄清楚在私密性较好的教室中两个人到底发生了什么，更是难上加难。即便受害学生对事件进行揭发，但涉事教师由于担心会因此而被解雇，故一定会矢口否认。学生和教师的口径不一致的话，事件就会被认定为“事实关系不清”，最终结果定然会是“查无此事”。就像本书中所描述的那样，鼓足了勇气才决定告发的学生被认为是在说谎，因而备遭周围人的责难，极易使其受到二次伤害。这也是校园性骚扰的特征之一。

就算是告到教育委员会，由于其负责人因为人事异动而频繁变更，加之缺乏调查经验，面对学生和教师的口径不一致情况，他们根本就束手无策。

由于组织结构方面的问题，直接导致校方遇事瞒报。霸凌自杀事件和体罚问题也是如此，校方往往都会将事件压在校内。校长之所以不向教育委员会报告，并非因为“为了孩子着想”，实际上他是害怕承担管理责任，隐瞒不报只不过是为了自保罢了。

从原则上来讲，无论是校长还是教育委员会，都应该将事实真相公之于众，履行各自相应的职责。如今这个时代，任何组织都要彻底合规矩行事，从一开始就打算通过隐瞒真相以达到目的的人毕竟是少数。那么，导致学校隐瞒不报的原因究竟是什么呢?

“是体制的原因。这种体制决定了由外行人负责事件的调查。”这就是问题的答案。

那么该如何解决这个问题呢？答案只有一个。

那就是委派专业团队进行调查。可以委派由律师等专家组成的“第三方委员会”对事件展开调查。如此一来，无论是校长还是教育委员会，都会轻松很多。专家组介入后，即便教师矢口否认，也可依据包括当事人的供述在内的各类证据厘清事实关系，如果专家组认定教师猥亵行为属实，教育委员会根据专家组的意见，对当事教师进行查处的可能性就会大大提高。迄今为止，校长和教育委员会即便在心里认定涉事教师猥亵行为属实，只要涉事教师拒不承认，便无法对事实关系进行认定，也就无法对涉事教师进行处罚。专家组的介入，应该可以有效避免这种情况的发生。

只要当事教师拒不承认，教育部门就束手无策。这样的话，即便加大惩处力度也毫无实际意义，因此，对事件进行彻查，查出事实真相方为第一要务。

在霸凌或是体罚问题的调查过程中，常有第三方委员会的介入。在《霸凌防止对策推进法》中也有相关规定，要求在学校或是教育委员会中设置第三方委员会等机构。

霸凌自杀事件关乎人命，所以其调查也必须公正。性犯罪杀死的是人的灵魂，它能改变人的一生，所以针对性犯罪的调查也一定要公正。因校园霸凌或是体罚而被免职的案例几乎没有，而有猥亵行为的教师几乎全部受到免职处分。权衡轻重，也应该让第三方机构介入校园性骚扰事件的调查。另外，绝不允许出现漏网之鱼，对事件进行彻查，也有利于防止类似事件的再次发生。教育部门对此要有充分的觉悟。综上所述，着实有必要让第三方委员会介入校园性骚扰的调查。

进一步来讲，如果校长已经开始着手调查，而教师又屡次否认，这样事情就会变得千头万绪，无从厘清，这时涉事教师已经屡缄其口，即便是专业团队介入，恐怕也还是拒不承认，因此很难取得更大的突破。因而从受害者检举揭发的那一刻，或是怀疑涉事教师有性犯罪行为的那一刻开始，就应该交由第三方委员会进行调查。

对受害者而言，反复取证的过程也是一种痛苦。首先要用心倾听受害学生的倾诉，将了解其诉求当作第一要务。猥亵事件的受害者与霸凌和体罚不同，让她们讲出自己饱受屈辱的事实经过，实非易事。

在儿童性暴力案件中，各地已经开始试行警察、检察、儿童咨询中心等各部门联手，让受害儿童只进行一次举证便可行的“司法面谈”制度。希望教育部门局在处理校园性骚扰事件时也能借鉴参考这种做法。

如果第三方委员会从调查之初就开始介入的话，其取证就会更加有效率，很有可能在短期内结束事件的调查。而那些行为不检的教师见到这种情况，也会有所收敛，从而达到防患于未然的目的，减少校园受害事件的发生。若非如此，这个问题将永远得不到解决。

对于我的提案，相信很多读者持赞同的态度，但是政府及行政部门的态度却是“没有相关规定，没有人手，更加没有预算，所以无法付诸实施”。

我想说的是，一切事在人为。政府和行政那里行不通的话，就该政治家出马了，政治的力量或许能够改变这一切。而能够让政治家们闻风而动的，就是民意。如果这本书的读者发出“这样下去不合情理”的呼声，那么政治就会发挥其效力，制度也会发生改变。如此一来，我们就又向解决问题的方向迈进了一步。

教育委员会可以效仿防止霸凌相关政策的先例，制定“校园性骚扰防止对策推进法”。如果学校中出现疑似猥亵行为的情况，第三方委员会在接受了相关咨询之后，有义务对事件进行例行调查。

下面我举几个舆论牵动政策的实例。我曾经在自己所著的《儿童的贫困连锁》及《死刑就好了——孤立而造成的两起杀人事件》(皆为新潮文库出版)二书中呼吁要消除儿童贫困，防止有前科的少年再次犯罪。针对这两个问题，议会已经分别启动了“儿童贫困政策推进法”与“再犯防止推进法”的立法程序，政府也明确表示即将推出相关政策。

尤其是儿童贫困问题，经过各家媒体大张旗鼓地报道，社会舆论也普遍认为是时候为贫困儿童做些什么了，政治家们这才望风而动。

《霸凌防止对策推进法》的制定，也是由于大津市一名初二男生遭遇霸凌自杀后，议员们迫于舆论压力，决心推出彻底防止校园霸凌的政策，才立法通过了该法案。

性犯罪在广大民众心目中的恶劣程度年胜一年，刑法对于性犯罪的量刑也不断加重，甚至在某些判决当中，法官的最终判决已经超出了检方的求刑。因此，立法机构仍在不断讨论制定针对性犯罪的法律修正案。

再将目光转向我们的邻居韩国。以聋哑学校的校长们长年对聋哑儿童实施性暴力的事件为蓝本的小说《熔炉》被改编成电影，在社会上引起了相当大的轰动。之后，韩国制定了《熔炉法》，大幅提高以儿童为对象的性犯罪量刑标准。

日本若非要等爆出如此悲惨的事件才出台相关法律的话，那可真是太可悲了。

针对问题的解决方案，我也提过几个比较容易付诸实施的建议。

第一步，要在文部科学省下设防止教师猥亵行为的评议会，专家运用自己的智慧，经过充分的讨论，就有可能使事态向好的方向发展。如果有朝一日第一步实现的话，我们还要探讨如何为孩子们培养一个在日常生活里受到侵害时，能够说“不”的意识。

接下来，还应该在全国的中小学进行校园性骚扰受害情况调查。因为此前已经有过霸凌和体罚情况调查的先例，因此校园性骚扰调查也应该可行。

大阪市立樱宫高中男生自杀事件过后，文部科学省就严厉责令教育委员会对体罚问题进行调查，结果各地被查处的体罚现象激增，其后又有所减少。由此可见，调查的效果显著。

千叶县和神奈川县的教育委员会已经开始开展校园性骚扰情况调查，据说成效显著。我衷心希望文部科学省能够下令在全国范围内展开相关调查。即便文部科学省不下达这个命令，我也希望都道府县及市镇村各级政府出面组织调查。

如果想掌握真实的情况，调查表就应该全部由学生本人亲自填写。神奈川县的做法是让学生将填好的调查表直接邮寄至教育委员会。在调查过程中，在这些细节上下一番功夫是非常有必要的。

我认为最起码在大学的教师培养课程和即将毕业的师范类学生实习

进修以及管理人员进修时，应该让相关人员有机会接受防止校园性骚扰的培训。让教师学习关于儿童权利的相关问题，让他们有机会正视校园性骚扰相关问题，从而让他们明白，校园性骚扰是身为一名教师的禁忌。

此外，让他们意识到“教师在学生面前拥有无上的权力”极为重要。如果意识不到这一点，就会如同第一章中的案例一样，即便学生说“因为他是老师，所以无法违逆他的意志”，教师还是会认为“那是对等的恋爱关系”。

今时今日，一定还有校园性骚扰事件发生，也一定还有受害学生苦于无从倾诉。于是我苦思冥想，试图找到解决问题的途径，就在这个过程中，这本书问世了。希望文库本的发行，会引发更多人对校园性骚扰的思考。

再次对协助我们进行采访的各位表示由衷的感谢。

2017 年 3 月

池谷孝司

本书内容曾经连载于《东奥日报》《茨城新闻》《千叶日报》《山梨日日新闻》《新潟日报》《静冈新闻》《岐阜新闻》《福井新闻》《大阪日日新闻》《日本海新闻》《中国新闻》《山口新闻》《四国新闻》《爱媛新闻》《高知新闻》《德岛新闻》《佐贺新闻》《大分合同新闻》《熊本日日新闻》《琉球新报》《每日新闻》(四国版)等21家报纸。